Helmut Heißenbüttel

Eichendorffs Untergang und andere Märchen

Projekt 3/1

Klett-Cotta

Verlagsgemeinschaft Ernst Klett – J. G. Cotta'sche Buchhandlung
Nachfolger GmbH, Stuttgart

Einbandgestaltung und Typographie: Heinz Edelmann
Gesamtherstellung: Hieronymus Mühlberger, Augsburg
ISBN 3-12-903550-8

. . . daß die Phantasie gerade die liebste Gespielin des menschlichen Geistes und die vertrauteste Gesellschafterin durchs Leben sei, von der ersten Entwickelung der Seele aus der kindlichen Hülse, bis zum Einschrumpfen der körperlichen Organisation im späten Alter. Das Kind verläßt sein liebes Spielwerk, Puppe, Steckenpferd und Trommel, der wildeste Gassenläufer sitzt still und horchsam, wenn ein Märchen, das ist, eine wunderbare Dichtung seine Phantasie anfacht, hört stundenlang mit gespannter Aufmerksamkeit zu, da er bei der Erzählung wahrer Begebenheiten ermüdet, und sobald es möglich, dem instruktiven Schröckh entläuft. Der Hang zum Wunderbaren und Außerordentlichen liegt so tief in unsrer Seele, daß er sich niemals auswurzeln läßt; die Phantasie, ob sie gleich nur zu den untern Seelenfähigkeiten gehöret, herrscht wie eine hübsche Magd gar oft über den Herrn im Hause über den Verstand. Der menschliche Geist ist also geartet, daß ihm nicht immer an Realitäten genügt; seine grenzenlose Tätigkeit wirkt in das Reich hypothetischer Möglichkeiten hinüber, schifft in der Luft und pflügt im Meere. (Johann Karl August Musäus)

Begegnung

Da ging einmal ein Mann ins Büro und traf unterwegs einen anderen, der soeben ein französisches Weißbrot gekauft hatte und sich auf dem Heimweg befand. Das ist eigentlich alles. (Daniil Charms)

Eichendorffs Untergang
Eine Phantasie

Anderes denn ein Verenden ist das Untergehen. Jeder Untergang bleibt geborgen in den Aufgang. (Martin Heidegger)

Es wird sich nicht viel verändert haben.

Die Göttin der Vernunft wird nicht den Thron bestiegen oder, was auch in jener Zeit noch zeitgemäß sein könnte, den Fahrstuhl verlassen haben in einem jener zukünftigen Hochhäuser, halb unter, halb über der Erde, terrassenförmig und weitverzweigt wie eine eigene Stadt, oder ein Auto, das es dann, nach der moralischen Bannung privater Fortbewegungsmittel, vielleicht nur noch als ein Relikt geben wird wie einst die Pferdedroschken, jedenfalls aufrecht, in einem langen weißen Wollrock und einer schwarzen Bluse, denn die Vernunft wird auch dann noch schwarzweiß und janein sein oder es wird die Göttin der Unvernunft sein, die mit beiden Händen mich an den Schultern festhält und, so schwach diese Hände auch scheinen, nicht losläßt während des Sturzes, denn es ist ein Sturz, in die Zukunft.

Was ich jetzt sehe, male ich aus. Was hier ankommt, zerre ich weiter. Wie ein Zeichner eine Kurve auszieht, deren Formel er sich vorgegeben hat. Immer noch, so will ich einmal anfangen, ist die Koalition aus FDP und SPD in der BRD an der Regierung. Nicht weil sie an politischer Vernunft zugenommen hätte, sondern weil die Opposition durch chronische Redundanz der Programme und Parolen einem unaufhaltsamen Schrumpfungsprozeß unterworfen ist. Die 39. Legislaturperiode dieser Regierungskoalition, ich kann noch immer nicht der Obsession durch die Zahl 13 widerstehn, wird eben ablaufen. Das geteilte Deutschland wird sich in ein multipliziertes verwandelt haben. Welche

Voraussetzungen? Bayern hat seine Unabhängigkeit erklärt, dramatische Umstände, Krisen, Gewalt. Die UdSSR, eben vor dem Ende ihrer Hegemonieansprüche auf Europa, unterstützt das. Dann der große Knall in der Äußeren Mongolei und seine Folgen, die Rußland ganz auf den Osten und die USA ganz auf den Pazifik konzentrieren, jedenfalls militärisch. In Europa einerseits eine Polarisierung in liberale und sozialistische Staaten, andererseits, ohne den Druck Moskaus und Washingtons, Abbau ideologischer und machtpolitischer Spannungen. Bayern und Österreich schließen ein Bündnis. Um sich gegen die Volksrepubliken Frankreich und Italien zu schützen, schließt sich die Schweiz an. Es folgt, zur Wahrung zumindest der nominellen Souveränität, die DDR. Schließlich die BRD. Kritiker sprechen von einer verdeckten Wiedereinrichtung des Großdeutschen Reichs von einst. Aber was sie den deutsch-deutsch-deutsch-deutsch-deutschen Bund nennen, ist in Wahrheit ein bayerisch-österreichisch-schweizerisch-deutschdemokratisch-bundesdeutscher Beistandspakt. Als solcher das Herz Europas? Auch der Kopf? Der Solarplexus?
EG und Nato könnten aufgegangen sein in etwas, das sich unter Namen und Schirm eines Dritten entwickelt hätte: Großeuropa, atlantische Einheit, atlantischer Gedanke, atlantische Kultur. Afrika, USA und einige südamerikanische Staaten eingeschlossen. Welche Voraussetzungen? Einheitliche Überzeugungen, einheitliche Interessen, der Wunsch zu überleben stärker als Konkurrenzdenken. Nicht eine neue Religion. Vielleicht im Nahen Osten, wo der Konflikt nach neuerlichen selbstmörderischen militärischen Auseinandersetzungen gelöst werden könnte dadurch, daß Israelis zum Islam und Wüstenscheiche zur jüdischen Orthodoxie übertreten. Aufhebung der alttestamentarischen Überlieferung in die so erneuerte wie rückgebundene Lehre Mohammeds.

Zwei oder drei weitere Möglichkeiten. Die Kirchen verlieren allen politischen Einfluß und der unüberbrückbare Gegensatz zwischen marxistischem Sozialismus und konservativem Kapitalismus wird eingeebnet in die Spielarten von Fraktionen. Dazu Erfindung des Synkretismus des 21. Jahrhunderts ausgerechnet durch einen Sowjetrussen, der am Ende seines Lebens abwechselnd in Cornwall, Paris und im Pinzgau lebt, mit Namen Optowaja Torgowlja, jeder der Russisch kann, weiß, was das heißt. Er faßt die Lehren von Joseph Alois Schumpeter, Arthur-Fridolin Utz, Slawomir Mrozek und Milton Friedman zum dann sogenannten SUMF-Marxismus zusammen. Der wird gestützt durch die Währungseinheit des Fiktivdollars, der sich stützt auf immer weiter wachsende Mengen von Geld und Diamanten, die aus den Abfällen der Atomkraftwerke synthetisiert werden, ein Vorgang von umwälzender Bedeutung. Wegen dieser bereits unübersehbar gewordenen Gold- und Diamantendeponien werden die Atomkraftwerke im Volksmund Goldmühlen genannt.
Weiter: nach dem großen Knall und den folgenden Unruhen, die den ganzen Raum vom Indischen Ozean bis zum Pazifik ergreifen, zerstören und unzugänglich machen, wäre die Erde in zwei Hälften geteilt. Militärisch würden die UdSSR und die USA, mit Hilfe Europas und Afrikas, die pazifische Hälfte abriegeln. Die Staaten, die sich der neuen israelisch-islamischen Doktrin unterworfen haben, die sogenannten II-Staaten, würden das letztmögliche Loch nach Osten stopfen. Afrika und Europa wären voll ineinander integriert. Im Zeichen des SUMF-marxistischen Synkretismus wären Apardheitsvorstellungen finsteres Mittelalter geworden.
Ein Entwurf, ein Scherz, ein bitterer oder verzweifelter? Ausgedacht im Sturz in die Zukunft, wo Denken eher der Logik des Kalauers folgt als der des Verstandes? Denn die Göttin der Vernunft, die auch die Göttin der

Unvernunft sein könnte, wird mir, so stelle ich mir vor, zuhören. Wird sie, wenn sie mich zuhörend anblickt, stumm, ernst, ohne zu lächeln oder nur versuchsweise, aber ohne Erfolg, plötzlich traurig sein? Kann man sich das vorstellen, daß die Göttin der Vernunft, der Unvernunft, statt unbewegt, ehern, unrührbar, nun traurig ist, vielleicht weint?

Schließlich die atlantische Kultur. SUMF-Marxismus, ein Netz von Verträgen, planvolle Wanderverlagerung der Zuwachsraten der Volkseinkommen, Mischproduktion von Waffen und Haushaltsgegenständen, Fusion zwischen Öffentlichem Dienst und Wehrmacht, Abfahrt von Expreßzügen mit Hornsignal und gezogenem Degen, eine unendlich variable Touristenattraktion, all dies als Basis, auf der der eigentliche Überbau sich erhebt. Ausarbeitung zweier Zirkulationen: eine von oben nach unten, Kunst für alle, kurz KA, eine von unten nach oben, Leute für Kunst, kurz LK, Zusammengefaßt zum Prinzip KALK, getragen von den kritischen Gruppen, die zum erstenmal von dem anderen Friedman, dem Pariser Architekten Yona, im 20. Jahrhundert als Grundeinheit der Globalgesellschaft definiert worden sind.

Während über den verwüsteten und von Unruhen geschüttelten pazifischen Raum eine Dauernachrichtensperre verhängt ist, feiert die atlantische Kultur in siebenjährigem Abstand die Feste, auf die hin sich das ganze Leben hier konzentriert. Eine Mischung aus Mysterien, Karneval, Opferritus, Festspiel, Festival, Olympiade, Happening, Nudisten-, Flitzer-, Swingeraktivitäten, Grundritual nach dem Joy of Sex des Bestsellers Alex Comfort. Moduliert durch phänomenologische, ethologische, psychoanalytische, Sprachspiel-, Medien- und Verhaltens-Theoreme. Gefeiert auf riesigen Plattformen im Meer abwechselnd vor der Küste Portugals und Floridas. Musik aller Zeiten und Länder synkretistisch vereint. Lichtorgien, Nacktorgien.

Nähe von Eros und Tod. Schutzgeist der große Bataille. Bataille der Prophet?
Altertümliche Texte: Baudelaire, Hamerling, Lautréamont, Chlebnikow, Kruconech, Schwitters, Queneau, Patchen, Vonnegut, aber, merkwürdigerweise, auch dieser:

Hörst du nicht die Quellen gehen
zwischen Stein und Blumen weit
nach den stillen Waldesseen
wo die Marmorbilder stehen
in der schönen Einsamkeit?
Von den Bergen sacht hernieder
weckend die uralten Lieder
steigt die wunderbare Nacht
und die Gründe glänzen wieder
wie dus oft im Traum gedacht.-

Oder: mehrere Septennien hindurch ist Arno Holz beliebt gewesen. Motto: Auf seiner Halleluhjawiese duldet mein Herz keinen Schatten.- Textprobe:

Göbberiguschke
stöck din Kruschke
wöbberiwuschke
ön min Puschke
stripp din Spölzke
ön min Pölzke
stremm din Splitzke
ön min Schlitzke
premm din Spitzke
ön min Ritzke
tödderitöll
eck hal stöll
bölleriböll
as God wöll.-

-Achja, sagt meine Göttin der Vernunft, der Unvernunft, jetzt, und ich hebe meine Arme, um sie zu umfassen. -Alles in Ordnung? frage ich. -Das, sagt sie: läßt sich im Rückspiegel nicht feststellen.- Aber weil sie mich trösten will, so stelle ich mir vor, fügt sie hinzu: noch habe ich nichts von uns vergessen.- Bin ich gerührt?

Noch etwas, und erst das bringt die Geschichte in Gang. Es wird einzelne Personen geben, die sich vervielfältigen und Zukunft wie Vergangenheit anschauen können. Das ist nicht ein Sprung der Entwicklung, sondern ein Resultat von Trainingsmethoden und Medienentwicklung bei besonders Begabten. Diese Vervielfältigten sind geheimnisvolle Persönlichkeiten, ihre Begabung eher eine Last als eine Lust, oft sind es einfache Gemüter. Ihre Dienste, die natürlich vielfältiger Natur sein können, sind umso mehr gefragt, je mehr die eigentliche Macht von den Staatsorganen in die Gremien übergeordneter Organisationen, Syndikate, Clubs, Räte übergehen wird. Welche Dienste die Vervielfältigten geleistet haben, kommt nie oder erst spät ans Tageslicht.

Nehmen wir drei, die in einfacher Erscheinung auftreten und in gleicher Weise ein wenig wahrsagen können: Acapulca, Eichendorff und Zwillitilli. Das Fest, das in das Ende der 39. Legislaturperiode der FDP-SPD-Koalition in der BRD fällt, findet statt vor der Küste Portugals. Gerüchte haben die Vorbereitungen unterhöhlt. Es wird gesagt, die bisher stärkste Gruppierung des pazifischen Raums wolle das Fest benutzen, um ein für allemal reinen Tisch zu machen. Acapulca, Eva-Maria, und Zwillitilli, Max, scheinen von einer Interessengruppe der atlantischen Großorganisationen, Eichendorff von einer anderen angeheuert worden zu sein. Acapulca und Zwillitilli befinden sich in ihrer ersten Erscheinung auf dem Fest im zweiten Ring, in ihrer zweiten bei einer chinesischen Flotteneinheit südlich Neuseeland. Eichendorff befindet sich in seiner zweiten Erscheinung im innersten Ring als einer der Hauptakteure und in seiner ersten Erscheinung wird er zuletzt gesehen in einer papuanischen Hubschraubereinheit zwischen der

Nordostküste von Queensland und dem Papuagolf. In ihrer dritten Erscheinung befinden sich alle drei, denn am Ende sind ihre Gemeinsamkeiten stärker als die Loyalität der Partei gegenüber, die sie engagiert, im Gasthof Wiesengrund nahe dem westfälischen Holzwickede.

Es passiert im siebenten Abschnitt des Festes, der orale Variation genannt wird. Es ist sehr warm, dabei die Sicht ungewöhnlich gut. Wolkenloser Himmel. Eine leichte Brise hat tagüber vom Meer geweht. Sie verstärkt sich am Abend. Die Aktivitäten des Festes wirken zugleich strahlend und gedämpft. Die aufeinander abgestimmten, aber beliebig abzuwandelnden musikalischen Programme der kleinen Zirkel, in denen der Orgiasmus gewöhnlich rascher Höhepunkte erreicht, wechseln ihre Rhythmen, ihre Klänge treiben wie Flocken aufs iberische Festland, dessen Strand gefüllt ist mit Zuschauern und Schlachtenbummlern. Das strahlende Blau des Himmels verblaßt schnell. Der fahle Horizont steht unvermischt auf der abgedunkelten Meeresfläche. Während überall Lichter und Lichttrauben aufglimmen, ertönt plötzlich ein klagender Schrei.

Gleichzeitig wird ein stark helldunkel pulsierender Flugkörper sichtbar. Er nähert sich in rasender Geschwindigkeit von der Westküste Afrikas her. Wie mit einem Ruck verhält er über dem inneren Ring, ein schwarzes Ding in Größe und Form eines Footballs tropft herab, während der Flugkörper selbst senkrecht emporsteigt und in der Höhe explodiert wie ein riesiges und sich in immer neu pulsierenden Funkenregen erneuerndes Feuerwerk. Mitten im inneren Ring steht einer der gewaltigen Vortänzer, nackt, schwarz behaart, starr aufgerichtet, mit aufrecht stehendem, hell beleuchtetem Glied: Eichendorff. Das Ding tropft auf ihn herab. Er fängt es auf, während die braunhäutigen ersten Tänzerinnen mit steil hervorgepreßten Hinterteilen im Kreis um ihn zusammengekauert sind. Wenn das schwarze Ding Eichendorff berührt, bläht sich

sein Körper auf wie eine Fackel, riesig und schnell. Dann zerfällt er. Sein zerfallener Körper treibt wie Asche über die im Widerschein glänzenden Körper der Tänzerinnen dahin. In die erschrockene Stille tönt ein Ton wie von einer heftig angerissenen und über die volle Verstärkeranlage gezogenen Gitarrensaite.
Acapulca und Zwillitilli in ihrer ersten Erscheinung ziehen sich sofort zurück und geben ihre zweite Erscheinung im Pazifik verloren. Ein Journalist will sie später an der baskischen Küste gesehen haben, wie sie friedlich mit einem Maultier nordwärts wandern. Das Fest wird später den Namen: Eichendorffs Untergang erhalten. Was im Pazifik geschehn ist, ist unausdenkbar. Gewiß scheint, daß sich bald am Rand der Äußeren Mongolei das entwickelt, was später der Aufstand der Kinder genannt wird, ein rätselhafter, grauenvoller und erbauungsfördernder Kreuzzug, dessen Auswirkungen nicht zu übersehen sein werden.
Eichendorffs Untergang. Warum Eichendorff? Ich hatte zuerst an den Namen Entebbe gedacht, aber die Anspielungen, die darin enthalten sind, führten in die falsche Richtung. Eichendorff gefunden durch Ausstechen im Lexikon. Zufällig. Zufällig? Die Göttin der Vernunft, die auch die Göttin der Unvernunft sein kann, denn sie reagiert rascher und sicherer auf das Unterbewußtsein des Vaters Freud als auf den Gedanken, obwohl gerade da die eigentlichere Vernunft am Werk sein könnte, schließt mich in ihre Arme.
Es ist Februar. Im Wiesengrund bei Holzwickede sitzen Acapulca und Zwillitilli auf einer Bank. Für die Jahreszeit ist es warm. Blaß steht der Himmel über dem Land. Oben kreist langsam ein Bussard. Unterbricht manchmal rüttelnd seinen Rundflug. Rötliche Haselnußkätzchen an feucht glänzenden Zweigen. Knospen an einem Ribisbusch, eben hell und grün aufgebrochen. Max hat seine rechte Hand auf die Linke Eva-Marias gelegt. Eichendorffs Untergang?

Max sagt:

Wo aber werd ich sein im künftigen Lenze
so frug ich sonst wohl wenn beim Hüteschwingen
ins Tal wir ließen unser Lied erklingen
denn jeder Wipfel bot mir frische Kränze?-

Und Eva-Maria antwortet:

Wart nur bald taut es von den Dächern wieder
und über Nacht hat sich die Luft gewendet
du trittst erstaunt heraus und kehrst nicht wieder
denn endlich kommt der Lenz der niemals endet.-

Erzählerherbst

Ein russischer Schriftsteller, der zu den Strukturalisten gezählt wird, hat, noch vor dem ersten Weltkrieg, damit angefangen, alle nur möglichen Ableitungen aus einem gegebenen Erzählsatz zu erfassen und systematisch zu ordnen. Er ist jetzt fünfundneunzig Jahre alt, immer noch rüstig. Sein Material füllt eine Bibliothek, die alle politischen, kriegerischen und wirtschaftlichen Veränderungen überdauert hat. Nichts ist publiziert. Er ist immer noch nicht über den ersten Satz weg gekommen.
Mehr ist dazu eigentlich nicht zu sagen.

Goldwäscherherbst

Sein Gehirn funktioniert, je älter er wird, immer mehr wie ein Satz von Sieben, vergleichbar denen, die die Goldwäscher im 19. Jahrhundert benutzten. Was durch das eine Sieb hindurchfällt, wird vom nächsten festgehalten, was durch dieses hindurchfällt, vom nächsten, und so fort. Man muß nur Geduld genug haben. Am Ende kommt immer ein fertiger Satz heraus. Sein Leben bewegt sich, wie an einem Zaun, immer mehr an fertigen Sätzen entlang.
Dem kann man eigentlich nicht mehr hinzufügen.

Eduards Herbst

Eduard, so nannten wir einen Mann im besten Mannesalter, hat in den Auseinandersetzungen dieses Mannesalters das Beste verloren und befindet sich nun, nach d'Alemberts Ende und Eichendorffs Untergang, wie auf einem Hochplateau seines Lebens, auf dem Trocknen. Wie an einem klaren Septembertag eine ferne bläulich schimmernde unerreichbare Bergkette, sieht er die unendliche Vergeblichkeit aller Pläne und Bemühungen sozusagen handgreiflich vor sich, und die erfahrbare Welt will sich vor ihm wie ein sommermüder Schmetterling zusammenfalten. Der dritte Schmetterling ist der schwerste, sagt er leise vor sich hin.
Mehr läßt sich dazu eigentlich nicht sagen.

Oberwasser und Feuerborn
Materialien zu einer Liebesgeschichte

Eigentlich waren sie beide ganz normal. Sie dachten und redeten von sich selbst, wenn sie von sich selbst dachten und redeten, als von eigentlich ganz normalen Leuten. Er dachte, wenn er das tat, von sich selbst als von einem eigentlich ganz normalen Mann. Sie dachte, wenn sie das tat, von sich selbst als von einer eigentlich ganz normalen Frau. Das war etwas, das sie miteinander gemeinsam hatten. Aber es war nicht etwas, das sie im Unterschied zu anderen Leuten gemeinsam hatten, sondern etwas, das sie mit vielen anderen Leuten gemeinsam hatten. Es unterschied sie nicht, sondern machte sie ähnlich. So normal wie sie eigentlich waren, waren auch Verwandte, Nachbarn, Kollegen, der Krämer von der Ecke, die Verkäuferin im Supermarkt, Vorgesetzte, Untergebene, der Mann von der Straße wie der Politiker in Bonn. Und wenn sie Kinder gehabt hätten, hätten sie auch von ihnen angenommen oder erwartet, daß auch diese so eigentlich ganz normal werden würden. Sie waren nicht schwul, lesbisch, nymphomanisch, sexcrazy, keine alten oder neuen Nazis, keine Kommunisten, keine Radikalen, weder ausgeflippt noch intellektuell, weder Überflieger noch Versager, weder neurotisch noch paranoid.
Sie gehörten, will ich einmal sagen, nicht zur arbeitenden Bevölkerung und nicht zu den Großverdienern. Sie waren gehobener bürgerlicher Mittelstand. Gelegentliche Theaterbesucher, gelegentliche Konzertbesucher. Früher Kinogänger, heute Fernseher. Sie hatte eine Schwäche für alte Filme, er eher für Sportübertragungen. Sie hatte schon immer FDP, er früher CDU, jetzt SPD gewählt. Sie waren beide seit vielen Jahren verheiratet, aber nicht miteinan-

der, und sie gingen gelegentlich, wenn auch, wenn man so sagen kann, ohne Erfolg, eigene Wege.
Ihr Mann gehörte zur Klasse der Freiberuflichen und war von Zeit zu Zeit auf Reisen, was sie nicht störte. Seine Frau war einmal ein ernsthafter und sportlicher Backfisch gewesen, ein, wie man heute leicht sagen kann, BDM-Typ. Ihre Jugendträume mochten nicht alle in Erfüllung gegangen sein, aber sie stand mit beiden Beinen fest mitten im Leben. Die Kinderlosigkeit glich sie aus durch gesellschaftliche und soziale Aktivität. Er, ihr Mann, folgte ihr darin. Im Gegensatz zu ihm war sie in Grenzen ehrgeizig. Und vielleicht war er insofern nicht ganz normal, als er bei Entscheidungen dazu neigte, sich eher von ihrem Ehrgeiz als von seinen eigenen taktischen oder sachlichen Überlegungen leiten zu lassen. Aber war nicht auch das dennoch eigentlich ganz normal?
Sie hätten sich vielleicht nie getroffen, wenn sie nicht den gleichen Arbeitsplatz gehabt hätten. Sie arbeiteten in der gleichen Firma im Rang von gehobenen Angestellten, sie etwas niederer als er. Wenn er etwa Personalchef sein könnte, wäre sie Sozialreferentin, wenn er Abteilungsleiter wäre, würde sie einer der Zuarbeiter sein. Beruflich war er ein etwas kleinlicher Vorgesetzter und ängstlicher Untergebener, hatte eine große Neigung für alles, was objektiviert, Statistiken zum Beispiel oder psychologische Testverfahren. Korrekt gekleidet, das spärliche Haar quer über den kahl werdenden Vorderkopf gekämmt, eine Brille mit Goldrand, seit der Fünfzigste hinter ihm lag, hatte er den Hut mit einer Mütze vertauscht, mausgrau, weit über Brille und fleischige Nase hinausragend, sie gab ihm ein verdachterregendes und altmodisches Aussehen, wie dem Beschuldigten in einer viktorianischen Kriminalgeschichte. Plumpbäuchig, schmalärschig, plattfüßig, leise, fast lautlos, langweilig. Ich würde ihn Christian Oberwasser nennen. Sie auf der anderen Seite war beruflich tüchtig und kollegial einge-

stellt, auf Grunderwartungen sozialer Verpflichtung beharrend, mäßig politisch interessiert, etwas größer als er, etwas jünger als er, sportlich, kräftig, dicker Hintern, grauer Bubikopf, humorlos, sportlich angezogen, gelegentlich modische Beifügungen, die etwas aus der Rolle fielen, grellbunte Tücher oder riesige Mützen. Ich möchte sie jetzt Dorothee Feuerborn nennen, geborene Wachsam.

Oberwasser und Feuerborn arbeiteten seit gut fünfzehn Jahren zusammen. Sie war fünf Jahre länger als er in der Firma. Oberwasser kannte ihn, Feuerborn, den Freiberuflichen, und sie, Feuerborn, kannte Frau Oberwasser. Sie trafen sich in ziemlich regelmäßigen Abständen bei Dritten oder öffentlichen Veranstaltungen, aber sie verkehrten nicht privat miteinander. Nicht, weil sie das nicht wollten oder Gründe dafür hatten, sondern zufällig. Und wenn es sich einmal ergeben hätte oder ergeben würde, wäre es ihnen egal gewesen oder würde es ihnen egal sein. In gewisser Weise war er, Oberwasser, von ihr, Feuerborn, abhängig, wenn auch auf andere Weise als von seiner Frau. Sie, Feuerborn, hatte einen schärferen Blick für menschliche Schwächen als er und eine Fähigkeit zur, vor allem statistischen, Abstraktion. Sie hatte das kältere Urteilsvermögen. Aber sie hatte nie versucht, ihn zu beeinflussen. Sie überließ ihm die Entscheidung und nahm sie an, auch wenn sie sie, so weit man das sagen kann, bei anderen vielleicht mißbilligt hätte.

Sie waren normal bis auf eine Nacht. Nachdem sie mehr als zehn Jahre zusammengearbeitet hatten, hatte es das gegeben, was man eine eigentlich ganz normale Gelegenheit nennt. Sie war spät im Büro, ihr Mann wieder einmal verreist, und sie benutzte seine Abwesenheit, um etwas nachzuarbeiten, was über den normalen Geschäftsablauf hinausging und was sie ihrer eigenen Kuriosität zuliebe fertigstellen wollte. Er, Oberwasser, kam von einer Dienstreise früher zurück als erwartet und wollte nur sein Akten-

köfferchen im Büro abstellen. Sie trafen sich im Flur und fragten hin und her, ihr Wortwechsel endete damit, daß er sie, was er früher auch schon getan hatte, zum Essen einlud. Sie unterhielten sich während des Essens lebhaft, und am Ende brachte er sie nach Hause und ging, was er allerdings noch nie getan hatte, mit zu ihr in die Wohnung Feuerborn. Warum? War etwas übergesprungen? Hatte etwas aus dem Unterbewußten sich umgesetzt in eine Bewegung mehr als eigentlich normal? Waren sie in ihren Taten überhaupt noch zugänglich für das, was in ihrem Unterbewußtsein passierte? Passierte dort etwas?
Sie waren ein wenig angetrunken, als sie die Wohnung betraten. Sie tranken dann noch mehrere Flaschen Rotwein und waren am Ende tatsächlich einigermaßen betrunken. Er fing an, sie zu küssen. Sie leistete keinen Widerstand. Er fing an, sie zu entkleiden. Sie leistete keinen Widerstand. Er zog sich, langsam und methodisch, aus. Er setzte am Ende die goldgeränderte Brille ab und legte sie auf das zusammengefaltete Hemd. Sie bewegte sich nackt auf eines der Einzelbetten, in denen Feuerborns schliefen, zu, und er folgte ihr. Sein Gesicht war gerötet und seine Augen starrten weit aufgerissen auf ihren dicken Hintern, der sich merkwürdig schaukelnd dicht vor ihm bewegte. Als sie sich auf den Bettrand setzte, starrte er auf ihre Brüste, die wie zwei häuterne Stopfbeutel herabhingen und auf die klein, spitz und dunkel hervorstehenden Nippel, dann auf die Falte, die sich quer über den Nabel hinweg gebildet hatte und auf das Haar darunter, das dunkel, kraus und reichhaltig zwischen den Oberschenkeln hervorquoll. Er drängte ihren Oberkörper aufs Bett, hob ihre Beine hoch, legte seine dicken Patschhände auf ihre Oberschenkel und drückte diese weit auseinander. Dann beugte er sich mit noch immer weit aufgerissenen und etwas vorquellenden Augen darüber und fing an, mit weit herausgestreckter Zunge an dem dunklen Fleisch ihrer Spalte zu

lecken und zu lutschen. Wußte er, was er tat? Hatte er es früher schon getan? Gewiß nicht bei seiner Frau, der wäre es peinlich gewesen. Oder nicht?
Sie hatte ihn währenddem nicht angeblickt, hatte mit gesenkten Lidern dies alles geschehen lassen. Jetzt hob sie sich auf einen Ellbogen und zog erst das eine dann das andere seiner Knie auf's Bett, bis er mit herabhängendem Bauch und kräftig stehendem, gedrungenem, adrigem Pin über ihr kniete. Mit einer Hand schob sie die Vorhaut zurück, rieb ein paarmal hin und her und stülpte dann ihren Mund über den entblößten feucht glänzenden Vorderteil seines Pins. Während er noch immer seinen Kopf zwischen ihren gespreizten Oberschenkeln in Haar und Fleisch vergraben hatte, ihre Knie unkontrollierbare Bewegungen machten und ihr Unterkörper sich in unregelmäßigen Abständen zuckend hob und senkte, fühlte sie, wie es heiß und stoßweise auf ihre Zunge schoß.
Im gleichen Augenblick fiel er zur Seite und war schon im Hinfallen eingeschlafen. Als er das erstemal aufwachte, wußte er nicht, wo er war und schlief sofort wieder ein. Als er das zweitemal aufwachte, fühlte er ihren dicken Hintern an seinem Bauch kleben, roch er den scharfen Geruch ihres schwitzenden und furzenden Körpers und hörte, wie sie leise schnarchend atmete. Als er das drittemal aufwachte, lag er allein unter einer fremden, fremd gemusterten Bettdecke. Als er sich bewegte, öffnete sich eine Tür und sie, Feuerborn, Dorothee, kam herein. Sie war vollständig angezogen, ging zum Bett, beugte sich über ihn und küßte ihn flüchtig auf den Mund. Dann blickte sie ihn an. Wie ist es dazu gekommen? fragte sie. Er hob, halb auf den Ellbogen, nackt, die Schultern und ließ sie wieder fallen.
Diese Nacht, dieser, so könnte man vielleicht etwas zugespitzt sagen, eigentlich ganz normale Seitensprung änderte nichts an ihrem Verhältnis zueinander. Zwar versuchte er, über einen Zeitraum von etwa vier Wochen, wenn sie allein

waren, einen Satz über diese Nacht einzuflechten. Aber sie antwortete nicht darauf. Eine Einladung zum Essen, etwa ein halbes Jahr nach dieser Nacht, lehnte sie ab. Danach wurde die Nacht nicht mehr erwähnt und war, soweit das zu beurteilen ist, vergessen. Vielleicht so gut wie vergessen. Vielleicht ein Loch in der glatten Schicht des Normalen, zugedeckt von der unüberwindlichen Ausstrahlung, die das Normale an sich hat. Hinzufügen könnte ich, daß das Ganze eigentlich keinen Sinn ergibt, wenn man tatsächlich annehmen würde, es hätte sich durch die Nacht etwas verändert im Verhalten der beiden Ehepaare untereinander, etwa das Abbrechen ihres gelegentlichen Geschlechtsverkehrs oder das Aufnehmen oraler Praktiken darin. Sie taten das, was sie immer getan hatten, und waren das, was sie immer schon gewesen waren, eigentlich ganz normal. Und ich könnte hier abbrechen, wenn sich nicht eben jetzt, knapp fünf Jahre nach jener Nacht, noch etwas ereignet hätte.

Auch dies war das, was man eine normale Gelegenheit nennt. Sie waren zusammen auswärts auf einer Tagung. Das kam ein- bis zweimal im Jahr vor und war nicht ungewöhnlich. In der Diskussion, die sich an die Rede eines Bundesministers anschloß, hatte sie, Feuerborn, sich an einem Diskussionspunkt mehr als sonst engagiert und dafür von einem Teil der Kollegen Beifall gefunden. Oberwasser gratulierte ihr nach der Diskussion und wollte sich zugleich verabschieden, weil er meinte, sie würde bis zum Ende der Tagung bleiben. Sie fragte ihn, ob er sie mitnehmen wolle. Sie war mit der Bahn gefahren und er mit seinem schwarzen Mercedes, der seinen mausgrauen Mantel und seine mausgraue Schiebermütze ergänzte. Sie sagte: Wenn du mich mitnimmst, fahre ich mit dir zurück.- Er blickte sie durch seine goldgeränderte Brille aus seinen etwas vorquellenden Augen an. Er sah sie. Ein Bild, das nicht zu erkennen gewesen war, rückte plötzlich in seinen

Focus. Sie erwiderte den Blick, aber sah nicht eigentlich in seine Augen, sondern über diese hinweg wie durch ihn hindurch.
Es waren nicht fünf Jahre seit der Nacht, es waren viereinhalb. Damals war Herbst gewesen. Jetzt war es Februar. Ein östliches Hoch hatte sich mit einem westlichen Tief vermischt. Als sie auf der Autobahn waren, fing es an zu schneien. Die Sicht war nicht sehr gut, aber der Verkehr war spärlich. Auf der Straßendecke blieb der Schnee nicht liegen, aber Felder und Bäume leuchteten weiß durch die Nacht. Als der Schneefall in einer langgezogenen Talschleife abbrach, legte er seine rechte Hand auf ihre linke, die bewegungslos in ihrem Schoß lag. Sie zog die Hand nicht weg. Er griff um ihren Handrücken herum, und sie rieb langsam mit dem Daumen an der Beuge seines Mittelfingers hin und her.
Später wurde der Schneefall heftiger. Wind fiel über die flachen Hügel herab und trieb die Flocken waagerecht gegen die Windschutzscheibe. Nach einer Weile fuhr er von der Autobahn herunter. Sie übernachteten in einem Gasthaus eingangs einer weit verstreuten Ortschaft. Sie tranken nichts, und der Anfang war diesmal schwieriger. Er lag schließlich nackt auf dem Doppelbett. Er hatte nur die an der Wand angebrachte Nachttischlampe auf der ihm abgekehrten Seite des Bettes angelassen. Merkwürdige und vollkommen unbekannte Licht- und Schattenverteilungen umgaben ihn. Der Raum erschien wie eine eigens für diese Nacht hergestellte Innenplastik, manches wich von ihm weg, manches drang auf ihn ein. Ein Ort, den es nur ein einziges Mal und nur in dieser für dieses einzige Mal gefundenen Form gab.
Sie hatte die Unterhose anbehalten, als sie ins Zimmer zurückkam. Die Unterhose war leuchtend rot. Sie ging mit der roten Unterhose bekleidet langsam zum Bett und lehnte sich mit den Knien dagegen. Sie blickte auf ihn

herab. Er war es nun, der sich auf einem Ellbogen hochstützte. Mit der freien Hand griff er um sie herum, strich über ihren Rücken und streifte die rote Unterhose herab. Er hielt an, als er die eine ihrer Hinterbacken umfassen konnte. Er schob seine Hand weiter und fing an, den Mittelfinger in ihr Arschloch zu bohren. Ihr Unterkörper zitterte. Während er bis zum zweiten Fingerglied eindrang, beugte sie sich langsam vor und blickte mit zusammengezogenen Augenbrauen seinen gedrungen stehenden Pin an, der in regelmäßigen Abständen ein wenig zu federn begann. Sie faßte mit einer Hand zwischen seine Beine unter seinen Hodensack und stützte sich da auf, mit der anderen Hand zog sie seinen Finger aus ihrem Arschloch heraus, dann kniete sie sich breitbeinig über sein Gesicht und senkte langsam, während der Atem laut aus ihrem weit geöffneten Mund kam, ihren Spalt auf seinen halb offenen Mund.

Er sah es kommen und sah es an. Er sah das dunkle, lappige Fleisch an, von Haaren umstanden, umgeben von der weich ineinander übergehenden Plastik der Oberschenkel und der Hinterbacken. Er sah es an und wußte plötzlich, erkannte plötzlich, wurde von der plötzlichen Erkenntnis wie überwältigt, daß es bis hierher noch nie angesehen worden war. Er erkannte sie, wie es heißt. Er sah und erkannte das, was man das andere Gesicht nennen kann. Es drang mit dumpfscharfem Knoblauchgeruch überwältigend auf ihn ein. Dieses andere Gesicht war blind, aber fand ihn besser als sehende Augen. Blind blendete es ihn über alle Maßen und alle Erwartung. Es war dies andere Gesicht dieser anderen Person, die über ihm kniete und war zugleich das Gesicht dessen, was uralt vorvergangen war, das namenlose Gesicht der Vorgeschichte. Er sah das, was nicht sozialisierbar war und ungesehen in jeder durchsozialisierten Person vorhanden ist. Er sah, plötzlich und anschaulich in dem dunklen, Feuchtigkeit absondernden an-

deren Mund, Schlupfmund und Saugloch in einem, was der Konflikt war zwischen dem, was sozialisierbar und dem, was nicht sozialisierbar war. Er erkannte, daß sie, er und sie, in dieser Erkenntnis zusammen waren und abgesonderter, als je ein einzelner für sich es sein konnte. Und während es sich endgültig auf ihn herabsenkte, ihn zitternd berührte und sein öffentlicher und ihr verborgener Mund sich vereinigten, schmolz das andere Gesicht auf ihn auf. Sie schmolzen zusammen zu einem einzigen Körper. Und in dieser Verschmelzung war, punktuell, alles gelöst.
Der Morgen war sonnig und klar. Hügel, Wälder und Hausdächer lagen leuchtend und weiß in abgerundeten Formen rundherum. Es war der weißeste Morgen ihres Lebens. Kann ich das sagen? Mische ich mich mit einer solchen Aussage bereits zu weit ein? Habe ich mich nicht schon zu weit eingemischt? Mich hineinversetzt? Sie fuhren Hand in Hand. Sie sahen rührend ernsthaft und komisch aus. Einmal hielten sie in einem Waldstück an einer Ausfahrschneise an, die für sommerliche Picknicks eingerichtet war, sanken ganz langsam gegeneinander und küßten sich.
Habe ich den Punkt deutlich machen können, auf den es mir ankommt? Warum es so wichtig ist festzustellen, daß sie eigentlich ganz normal waren? Dieses in seiner sozialen und individuellen Bedingung aufzuzeigen und stehenzulassen. Unbefragt und unausweichlich. Das unbefragt Unausweichliche stehen zu lassen. In diese eigentlich ganz normale Normalität dringt ein Reflex ein. Ein Seitensprung. Ein Verlangen, das unbekannt war. Eine Anormalität, die sie sozial und individuell mißbilligen. Der sie aber nicht widerstehn. Der sie vielmehr vollkommen nachgeben. Der sie Überwältigung über sich zugestehn. Daß sie tatsächlich geschmolzen sind. Verdorben, so könnte man in einer moralischen Kategorie sagen, auf Lebenszeit. Spät zwar, aber noch rechtzeitig. Oder gerade zur rechten Zeit. Denn wer weiß, wieweit älter werden nicht auch bedeutet, mora-

lische Kategorien fahren zu lassen, sich gehen zu lassen, wie es heißt, lasziv zu werden, aber zu schmelzen über alle Erwartung.
Vielleicht nur ein Zwischenfall? Er Oberwasser, plumpbäuchiger, schmalärschiger, eng- und kahlstirniger Vorgesetzter, spärlich dekorierten Innen- und Privatlebens, einmal herausgedrängt aus seinen geregelten Tages- und Nachtläufen, seinen abreagierten Emotionen, abreagierten Glücksmomenten, abreagierten politischen wie sexuellen Beteiligungen. Sie Feuerborn, Dorothee, geborene Wachsam, diese ältliche dichtbehaarte humorlose körperlich gut erhaltene hängebusige dickärschige fleißige Zuarbeiterin. Diese beiden eigentlich ganz normalen Leute, plötzlich Gegenstand von, ja von was? Blick hinter den Zaun oder unter den Fußboden? Das Normale sozusagen herumgedreht und in entgegengesetzter Richtung gelesen? Wußten sie, daß es und was geschmolzen war? War es etwas?
Ein oberflächlicher und unaufmerksamer Beobachter, und von solchen waren sie ja umgeben bis zu ihren Ehepartnern hin, solche bestimmten ja das, was eigentlich ganz normal war, konnte auch nach der zweiten Nacht, der Nacht im Schnee, keine Veränderung in ihren Verhaltensweisen erkennen. Wenn etwas da war, war es darunter. Diese Produkte ihrer Umstände und Verhältnisse benahmen sich weiterhin eigentlich ganz normal. Sie wurden nicht plötzlich zu Sexomanen, soll das heißen, Gruppensex und Parties oder dergleichen. Ich könnte sagen, daß ihre Bilder sich veränderten. Vielleicht hatte sie, Feuerborn, sich einst dagegen gesträubt. Er, Oberwasser, hatte es gewiß einfach nicht gewußt. Vielleicht hatte sie, wenn ich einen Kalauer machen darf, befürchtet, daß er nicht nur Oberwasser heißen, sondern auch haben könnte. Und er, noch ein Kalauer, hätte überrascht gemerkt, daß sie nicht mehr das Fräulein Wachsam, sondern mit der Namensänderung nun auch tatsächlich ein Feuerborn geworden war.

Jedenfalls stelle ich mir vor, daß er, Oberwasser, in seinem Büro sitzt und daß die lange bekannten Sachen um ihn herum so etwas wie Berechtigung bekommen haben. Daß er sie richtig findet. Oder plötzlich richtig geworden, als richtig erkannt. Und zugleich kritischer gesehen werden können. Ich stelle mir vor, daß er in dem lebt, was man einen Zustand nennen kann. Zweifellos ist das nicht der einer ekstatischen Euphorie, aber er kann sich hingeben, zweifellos war es nicht, als ob er an der Decke schwebte und dabei trockene Orgasmen hatte, aber vielleicht gingen phantastische Gefühle durch seinen Körper. Er war vielleicht freundlicher, friedlicher, manchmal auch heftiger. Er sah, sie sah, was um sie herum war, mit anderen Augen. Wie Verliebte? Waren sie denn verliebt? Offenbar nicht. Offenbar waren sie dazu den Weg allzu gründlich verkehrt herum gegangen.
Vielleicht hätte ich noch weit vollständiger alle Bedingungen, Verflechtungen, Verpflichtungen aufzählen und zusammenbinden müssen. Aber schließlich soll dies nicht eine Abrechnung sein, sondern nur eine Geschichte. Und ist, hoch gerechnet, noch nicht einmal eine Geschichte geworden, sondern eine durchaus anzweifelbare Parabel. Ich bin also am Ende geneigt, alles zurückzunehmen. Warum? Dazu eine Schlußfrage: sind sie, er Oberwasser, Christian, und sie Feuerborn, Dorothee, nicht zu nett geraten und was bedeutet es, wenn ich mich veranlaßt fühle, eine solche Frage zu stellen?

Eppendorfer Nacht
Ich wäre gerne eine Frau

Es steht eindeutig fest, daß man einen Mann nicht in eine Frau verwandeln kann und umgekehrt. Hingegen können Hormongaben in Verbindung mit chirurgischen Eingriffen das Äußere und die Psychologie eines Menschen völlig umwandeln. So selten sie auch sein mögen, so offenbaren diese Verstümmelungen das Fehlen jeder Ehrfurcht vor der sexuellen Identität, die nach Belieben umgewandelt werden kann. (Jérome Léjeune. Die Welt 13. 8. 1977)
Der manifeste Trauminhalt ist der entstellte Ersatz für die unbewußten Traumgedanken, und diese Entstellung ist das Werk von abwehrenden Kräften des Ichs, Widerständen, welche den verdrängten Wünschen des Unbewußten den Zugang zum Bewußtsein im Wachleben überhaupt verwehren, in der Herabsetzung des Schlafzustandes aber wenigstens noch so stark sind, daß sie ihnen eine verhüllende Vermummung aufnötigen. Der Träumer erkennt dann den Sinn seiner Träume ebensowenig wie der Hysterische die Beziehung und Bedeutung seiner Symptome. (Sigmund Freud)
Der Schatten eines sich begattenden Affenpaares schlich über Euphemia. (Carl Einstein)
Eigentlich habe ich es garnicht gewollt. Aber weiß man, was man eigentlich will? Ich habe mir eigentlich nichts dabei gedacht. Macht man sich denn Gedanken, wenn man garnicht weiß, was man eigentlich will? Ist nicht, wenn ich mir Gedanken gemacht habe, alles immer anders gewesen? Ich habe mir eigentlich immer nur Gedanken gemacht, wenn ich nervös war. Ich war nicht nervös. Und wenn doch irgendwo der Schatten oder die Spur von einem Gedanken aufgetaucht ist, hat das nichts zu bedeuten. Irgendwas taucht irgendwann immer auf. Auch wenn man sich Ge-

danken macht, weiß man nicht, was passiert. Was ist denn passiert? Ist was passiert? Was passiert eigentlich überhaupt?
Die Aufnahme war gut gelaufen. Die Stimme hatte den üblichen angenehmen Klang. Beim Abhören fand ich sie immer eindrucksvoll, wenn auch mit einem kleinen widerlichen Beiklang. Eindrucksvoll immer noch das Abschnappen von Sätzen und Absätzen, das ich mir vor ein paar Jahren angewöhnt habe. Widerlich dies Anbiedernde in den tiefen Frequenzen. Vielleicht habe ich etwas schneller getrunken, weil es da einen Moment gab, wo ich dieses Anbiedern partout nicht mehr aushalten konnte. Daß getrunken wurde, war normal. Wir haben im Spaß immer Weinproduktionen und Bierproduktionen unterschieden, je nachdem, was einläuft. Meistens ist es Zufall. Dieses war eine Bierproduktion gewesen. Schnieke, der Toningenieur, hatte außerdem eine angebrochene Flasche Whisky in seinem Schrank. Ich habe mich leider überreden lassen, nach dem Bier Whisky zu trinken.
Euphemia Rautenstrauch, Femi, Sachbearbeiterin in der Produktionsabteilung, war mit heruntergekommen und saß beim Abhören vor mir. Ich hatte ihren unglaublich fetten Arsch direkt vor meiner Nase und ging deshalb von der Regie in den Tonträgerraum hinüber. Femi hatte eigentlich mit dem Whisky angefangen. Sie mag nur Schnaps. Nicht nur am Arsch, sondern auch sonst ist sie unglaublich dick, ihre Titten sind wie Sandsäcke. Ich habe mich manchmal gefragt, wie sie wohl nackt aussieht. Ihr Kopf ist wie eine Kugel mit ganz kurzem krausem blondem Haar. Sie hat dicke dichte Augenbrauen und einen Scheinwerferblick. Wen sie ankuckt, der erschrickt. Ich bin eigentlich immer gut mit ihr ausgekommen.
Die beiden Zitatsprecher, Bartsch und Hilsbecher, waren nicht zum Abhören dageblieben. Sie mußten die Züge erreichen, mit denen sie nach Haus fahren wollten. Außer

Euphemia Rautenstrauch, Schnieke und mir waren zum Abhören noch Burbell als Spielleiter und die dünne Frau Motte als Cutterin da. Ich saß mit Frau Motte dann hinten im Tonträger, die anderen drei in der Regie, Burbell und Schnieke vorn, Femi dahinter. In der Glasscheibe, die Regie und Tonträger trennt, konnte ich das Spiegelbild meines Gesichts sehn. Es saß genau auf Femis Arsch. Ich hätte mich, wenn es mich gestört hätte, woanders hinsetzen können. Aber es störte mich nicht mehr. Die Glasscheibe war dazwischen. Wir hörten zu, was das Band uns vorspielte, und tranken ab und zu etwas. Seit ich mich in den Tonträger gesetzt hatte, trank ich wieder Bier.

Das war alles ganz normal. Es war auch eigentlich nichts weiter zu tun. Im Grunde geht es bei solchen Produktionen mit Burbell am Ende nur noch um die Pausen. Man hat manchmal den Eindruck, als ob er die Aufnahme nicht wegen dem, was gesagt wird, macht, sondern wegen dem, was nicht gesagt wird. Wir gingen hinterher alle zusammen essen in das griechische Lokal, in dem wir meistens essen, wenn wir bis abends zu tun haben. Ich weiß jetzt nicht mehr, ob Femi mich mit ihrem Scheinwerferblick oder ich sie, spekulativ, angekuckt habe. Zum Essen haben wir, außer Frau Motte, die vorher nichts abgekriegt hatte und nun Rotwein wollte, weiter Bier getrunken. Nach dem Essen fuhren wir in Burbells Dachwohnung in Eppendorf, die er mit einer Freundin teilte. Sie war aber nicht da. Burbell hat, nachdem wir Schniekes Whisky alle hatten, Gin auf den Tisch gestellt. Eigentlich hat uns das gekippt.

Ich war ganz plötzlich völlig besoffen. Ich erinnere mich nur noch daran, daß Femis Scheinwerferblick voll auf mich einschwenkte und ihr Breitmaulfroschmund sich grinsend auseinanderzog. Dann hatte ich nur noch den Wunsch, ihre ungeheuerlichen Titten nackt zu sehen und daran zu saugen wie ein Baby. Nicht wie ein Baby vielleicht. Als ich meine Hand unter ihren schwarzen Pullover schob, kippte sie auf mich zu. Wir lagen halb nebeneinander, halb aufeinander auf Burbells Sofa, das er selbst mit grünem Kord bezogen hat, wie er immer sagt. Femis Breitmaulfroschmund ging ganz dicht vor mir auf und eine unglaublich dicke Zunge kam heraus und wackelte vor meiner Nase hin und her, wie etwas, das sich selbständig bewegt. Dann war dieses ungeheuerliche, spuckige, glatte Tier plötzlich in meinem Mund und machte mich vollkommen verrückt.

Ich muß versucht haben, ihr den schwarzen Pullover auszuziehen. Sie zog das Tier aus meinem Mund heraus und sagte klar und deutlich: Schämst du dich nicht?- Ich war darauf versessen, ihre Brust nackt zu sehen. Wir kämpften miteinander um den schwarzen Pullover. Sie schnaufte. -Laß das, sagte sie. Ich weiß nicht, was die anderen zu dieser Zeit taten. Später habe ich sie einzeln hier und da gesehen. Meine Erinnerung ist unterbrochen. Nicht alle Teile des Films sind entwickelt worden. Femi hatte plötzlich einen Lachanfall, bei dem wieder diese Zunge aus ihrem Mund baumelte. Als sie sich beruhigt hatte, so erscheint es mir hinterher, zog sie sich mit einem Ruck den Pullover aus, schob die Träger von ihrem Hemd über ihre Muskelpakete und riß den BH auseinander. Sie sah aus wie eine bulgarische Diskuswerferin. Ihre Titten waren überwältigend. Ich stopfte mir soviel ich konnte davon in den Mund. Ich hatte das Gefühl, daß die Warzen in meinem Mund immer größer, härter und glitschiger wurden. Vielleicht war es aber auch wieder die Zunge. Oder was?

Am Nachmittag war eigentlich eher gemischtes Wetter gewesen. Nicht wie Mai, eher April. Weiße geballte Wolken mit grauen Rändern waren in rascher Folge, drängelnd, hinter den westlichen Häuserdächern herausgekrochen. Manchmal kam ein Stück blauer Himmel mit hoch, und dann manchmal auch ein Streifen Sonne. Wäßrig, hellhörig, wie fegend, Stöße von Wind. Seewind, hart und kalt auf den freien Flächen, an den Kreuzungen der Rothenbaumchaussee. Zwischen dem Lärm der Autos Tuten vom Hafen. Möwen.

Als ich im Tonträger auf der Glasscheibe mein Gesicht auf Femis Arsch gespiegelt sah, sah ich zugleich in dieser Spiegelung die Spiegelung der Regie in der Glasscheibe, die die Regie von den Studios trennt. Neben der Kugel ihres Hinterkopfs sah ich Femis gespiegeltes Gesicht, sodaß ich mit ihr eine ganz merkwürdige neue Figur bildete, eine aus unseren Teilen sozusagen neu zusammengesetzte, zusammengeschobene, zusammengespiegelte Figur. Dahinter die leeren Studios mit Tischen, Stühlen, Stellwänden, Scheintreppen, Mikrofongalgen, alles in einem fast schattenlosen Licht. Wie in einem Traum, in dem Femi, die sich nun vornüber gebeugt hat, sodaß nichts von ihr zu sehen ist als das Massiv ihres Arschs, und ich vereinigt wurden zu etwas, das es nur im Traum gibt.

Meine Erinnerung besteht aus Bruchstücken. Der blaue Himmel mit den schnell vorbeischiebenden weißen Wolken liegt dicht zusammen mit dem Bild von mir, wie ich nackt auf Burbells Klo sitze und Schwierigkeiten habe, meinen Halbsteifen zwischen die Beine hinabzudrücken, damit ich nicht einfach in die Gegend schiffe, das will ich nicht. Mein Mund ist gequollen oder ich habe etwas, das immer weiter aufquillt, im Mund behalten. Motte liegt mit gespreizten Beinen auf Burbells Bett, sodaß man sieht, wie ihre dünne Haarzunge aus der Fotze kommt. Burbell steht daneben und versucht mit der Hand, seinen Schlegel aufzusteifen. Dann liegt er auf Motte, die ihre Knie etwas angewinkelt hat. Ich fasse zwischen ihre Bäuche und fühle, daß Burbell ganz drin ist. Das scheint mich zu befriedigen, denn ich klatsche ihm im Takt zu seiner Bewegung Beifall auf den dünnen Arsch, der wie Pudding bibbert.

Ich sehe mich als mich und ich sehe mich als Femi auf der Eppendorfer Landstraße. Wer von uns trägt oder zerrt wen? Wer bringt wen wohin? Wer ist wer? Es kann noch

nicht spät sein. Kühle Mainacht in Eppendorf. Hat der Wind nachgelassen? Immer noch das Geratter der U-Bahn? Wenn die Erinnerung wandert, unterscheidet sie nicht immer, was was ist. Es gibt Bilder, die verschieben sich hierhin und dahin. Traumarbeit dringt ein in Dokumente. Ich habe auch einmal Freud gelesen. Was ich weiß, ist was ich fühle. Gefühlt habe. Was ist meine Vorstellung? Was ist Phantasie? Schmutzige Phantasie? Soll ich gestehn, daß ich eine schmutzige Phantasie habe? Was ich sagen kann, bedeutet eigentlich nichts.
Wenn sie vor dem Bett steht, auf dem ich liege und zukucke, wie sie versucht, die schwarze Strumpfhose von diesem ungeheuerlichen Arsch herunterzuziehn. Jetzt sehe ich ihn im Fleisch. Breit, die Arschbacken an den Seiten etwas eingedrückt, aber hängend, gegeneinander geklemmt, sodaß die Kimme eine scharfe Falte bildet. Wenn sie sich bückt, sehe ich, wie das Haar unten herauskriecht, sehe das Fleisch dazwischen, schrumplig und dunkel, glänzend, naß, glitschig. Wenn sie sich weiter bückt, um die Strumpfhose von den Zehen herunter zu kriegen, denke ich, daß ihre Zunge da eigentlich besser hineinpassen würde als mein Schwanz. Plötzlich merke ich, daß sie einen Arm zur Seite hält und mich unter der Achsel hindurch mit ihrem Scheinwerferblick festnagelt. Sie sagt langsam, klar und deutlich: Verzichte bloß auf dein Prestige.-
Ich erkenne jetzt hinter ihr das Zimmer, die Nacht im Fenster. Eine Nacht in Eppendorf. Eppendorfer Nacht. Ich wäre gerne eine Frau. Ihre Sandsacktitten hängen auf meine Brust. Sie kniet halb über mir. Ihr Scheinwerferblick schwenkt auf meinen Schwanz, den allein schon dieser Blick steif stehen lassen würde. Sie faßt mit der breiten und fleischigen Hand ganz unten darum herum und masturbiert mich. Ganz langsam. Ich werde einen Augenblick lang verrückt. Dann schnappt sie mit der anderen Hand nach meiner rechten Hand. Sie knetet sie etwas, streicht die

Finger grade, preßt sie zusammen und schiebt so die ganze Hand in ihre Fotze. Sie sitzt jetzt, die Beine so weit auseinander wie möglich, mit den Arschbacken auf ihren Hacken. Während sie die Bewegungen ihrer beiden Hände auf das gleiche Tempo bringt, schreit sie, gepreßt, schnaufend: Kuck doch hin du Arschloch.-
Etwas tun, wovon man eigentlich nie gedacht hat, daß man es tut. Aktionen, die man eigentlich gar nicht mehr als etwas ansieht, das man selber macht. Blinder Aktionismus? Ich kucke ja tatsächlich auch zu. Dies ist nicht mehr bloß Körper, ob er nun außen von mir ist oder ich mich noch in ihm drin fühle, dies ist einfach Fleisch. Mir fällt kein anderes Wort ein als Fleisch. Ich kann nicht sagen, mein Körper, dein Körper, ihr Körper, als ob das etwas ist, das mir oder dir oder ihr gehört, es gehört mir ja nichts und ihr, wenn ich es richtig sehe, auch nichts, man kann hier nicht davon reden, daß einem etwas gehört, man kann nur sagen: Fleisch. Was bewegt das Fleisch jetzt? Etwas, das es sich selbst gemacht hat? Schmilzt es jetzt? O schmölze doch.
Ihre Knie rutschen auf mich zu. Sie greift mit beiden Händen nach meinem Kopf. Sie umklammert meinen Kopf. Wie eine Geburtszange, denke ich. Ihre jetzt ungeheuer heiße und nasse Fotze drängelt sich an mein Gesicht. Der Geruch schlägt über mir zusammen und isoliert mich vollkommen. Zwischen zwei Schnaufern murmelt sie, wie zu sich selbst: Komm Kleiner.- Sie drängt meinen Kopf zwischen ihre Beine, kniet jetzt über mir. Ihr Körper, ihr Fleisch wächst über mir. Ihre Fotze stülpt sich über mich wie eine fleischerne Mütze. Ich gleite hinein, immer weiter, eine umgekehrte Geburt. Ich höre, wie sie immer lauter und immer schneller schreit. Zwei Gedanken kreuzen sich in meinem Kopf. Ich denke: Freud hat das vollkommen falsch verstanden. Es geht nicht um den Penisneid, es geht um den Neid auf dieses ungeheuerliche Loch, in das alles

hineingeht. Ich denke zugleich: Jetzt weiß ich endlich, wozu es gut ist, daß sie so dick ist.-
Irgendetwas hat mich geweckt. Die Stille der Nacht, die das ist, was die Techniker Raumton nennen, nur nicht so gleichmäßig wie das Rauschen auf dem Tonband, ausgebeult, ganz leise blubbernd. Die Erinnerung an die Stimme, die oben so elegant und unten so kriecherisch ist, ganz und gar in mir. Real, oder wie sagt man, nicht mehr zu hören. Meine mir eigene, seine ihm eigene Stimme. Vergangenheit. Eine andere Welt jetzt, nach dem Aufwachen. Ich höre ein Auto draußen auf der Straße. Es ist wie das Geräusch eines Besens auf Stein. Ich höre das Tuten vom Hafen. Ich höre ein Flugzeug, das irgendwo weit weg über Land fliegt. Ich höre, plötzlich, das erste Rattern der U-Bahn. Ich höre, auch weit weg, das Tatü eines Peterwagens. Dann ist es, flüsternd, wieder vollkommen still.
Wenn das Fenster erkennbar wird, wird es hell. Das Dach gegenüber. Bewußtlos bis in die Mauern. Noch nicht aufgewacht. Ich denke nach. Ich liege auf dem Rücken. Die Sandsäcke von Titten, die ich habe, hängen rechts und links von mir herunter. Alles Fleisch, das ich kenne. Wenn das erste Licht kommt, wird das Zimmer ganz weit und frisch. Ich fühle zwischen meine Beine. Er ist verschwunden. Lauter ganz große Bilder, alle auf dem Fußboden festgeklebt.
Ich warte auf den ersten Windzug. Wenn er kommt, quietscht der Fensterhaken. Der erste Vogel. Es ist, als ob die Häuser Luft holen, bevor sie aufwachen. Noch ein Vogel. Dann wieder, eine ganze Menge. Dazwischen Stille. Wenn ich die Kastanie rieche, die vorm Haus steht. Wenn ich die Zugluft am Gesicht fühle. Es wird jetzt ausgesprochen hell. Spricht sich aus, denke ich. Spricht sich nie mehr aus, denke ich. Wie spricht es sich nun aus? frage ich mich. Dann ganze Haufen von Amseln, dazwischen, tiefer, fast brummend, Tauben. Es gibt hier auch Buchfinken, Spechte

und Spatzen. Wenn es immer lauter wird, ist es, als ob alle diese Vögel sich verabredet haben, auf einmal zu schreien. Jetzt kommt die Sonne, blendet drüben auf und blendet mich.

Ich Euphemia Rautenstrauch, Femi für meine Freunde, Löwenstraße 14, 2 Hamburg 13, will jetzt aufstehn. Der unter mir wohnende Nachbar, Ralf Thenior, ein Dichter, fängt an, sich zu bewegen. Er bewegt sich in seiner Wohnung hin und her. Ich höre seinen Wasserkessel kurz aufpfeifen.

Ich wäre gerne eine Frau. Ich bin eine Frau. Aber wäre ich, wenn ich die Frau wäre, die ich gern wäre, nicht gern ein Mann? Wäre ich, wenn ich der Mann wäre, der ich gerne wäre als die Frau, die ich bin, nicht gerne eine Frau?

Obsession

Die haarige Witwe von Botnang

Genitalsymbole: Behaarung = Gebüsch Haar (Kopf-) Maus (Katze) Moos Pelz Samt Wald (Sigmund Freud: Gesammelte Werke Band XVIII – Gesamtregister – Sonderregister – Symbolregister)

Wer ihn so sah, hätte es gar nicht gedacht. Jedenfalls war das zu hören, wenn die Rede darauf kam. Er sah eigentlich gar nicht so aus. Ein lustiger Bursche mit einer knollig geröteten Nase, vollen roten Lippen, einer großen dunkelrandigen Brille, großen fleischlich gut ausgestatteten Ohren und dickem graublondem Haar, das wie ein Mopp von der flachen Schädeldecke nach allen Seiten stand. Beruf wissenschaftlicher Rat an der Universität mit den Fächern Französisch, Spanisch und Portugiesisch. Er hätte ebensogut auch mittlerer oder gehobener Angestellter in einer Bank, in einem Exportgeschäft oder in einer Behörde sein können. Er war an gesprochener Sprache interessiert, an der Psychologie und Soziologie derjenigen, die diese oder jene Sprache sprechen, mit einem kleinen modisch linguistischen Tick, mag sein, er war nicht an der Literatur interessiert, die in dieser Sprache geschrieben worden war und geschrieben wird. Er interessierte sich für die Vokabulare der Technik und der Ökonomie und lag gern stundenlang in der Badewanne.

Er hatte eine Obsession: Haare. Das heißt, Haar an Frauen. Die Behaarung des weiblichen Körpers wirkte auf ihn stimulierend. Das heißt, so ausgedrückt ist es eigentlich zu einfach. Es war nicht nur eine sexuell, sondern auch eine emotional bestimmte Obsession. Ziemlich früh hatte er eine ziemlich behaarte Frau geheiratet und mit ihr fünf Töchter gezeugt, deren Behaarung unterschiedlich ausgefallen war. Er hätte sich, so kann man sagen, nie von seiner

Frau trennen können, weil ihre reichliche und spezielle Behaarung sein Gemüt niemals in Ruhe gelassen hätte. Auf seine Töchter reagierte er unterschiedlich. Er wunderte sich manchmal, daß es überhaupt seine Töchter waren.

Wenn emotionale und sexuelle Obsession im Grunde nicht voneinander zu trennen waren, sozusagen Hand in Hand, mit sehr ineinander verschlungenen Händen, gingen, so hatte die Obsession außerdem noch mit etwas zu tun, das allgemein ins Psychologische und Ästhetische ging. Er war zum Beispiel ein Verächter klassischer Kunst, wie sie sich in antiken oder den antiken nachempfundenen Marmorstatuen darstellt, weil daran nicht die Spur von einem Haar zu entdecken war. Er war wiederum kein Fetischist. Haar losgelöst vom weiblichen Körper, Haarlocke, Bilder aus Haaren, mithilfe von Haaren, wie sie in der neueren Kunst hier und da auftauchen, berührten ihn nicht, ließen ihn allenfalls etwas ratlos zurück. Er erinnerte sich jedoch an einen Standardtraum seiner Jünglingsjahre. Das immer gleiche Mädchen, mit dem er im Traum zusammentraf, hatte einen Lockenkopf und ein breites freundliches, er hätte gesagt: schwäbisches Gesicht. Es kam sehr rasch zum, wie man sagt, körperlichen Kontakt. Immer aber, wenn er ihr die Unterhose auszog oder die Bettdecke von ihrem Unterkörper wegzog, entdeckte er voller Schreck und Abscheu, daß dieses Mädchen einen völlig unbehaarten Bauch hatte. Im späteren Leben, als er bereits einige Erfahrung mit behaarten Körpern gemacht hatte, dieser Traum jedoch wie ein gespeichertes Videoband von Zeit zu Zeit wieder vor seinem inneren Auge ablief, erkannte er, daß auch die Spalte reduziert gewesen war. Seine Frustration war dadurch bewirkt worden, daß er eine erwachsene Frau mit Lockenkopf und üppigem Busen gesehen hatte auf einem Kinderkörper, der dem von Melitta Böhnke glich, wie sie in der Badewanne stand, als sie beide sieben Jahre

alt gewesen und er sie betrachtet, ja, so kann man sagen, studiert hatte.
Er erinnerte sich auf der anderen Seite an einen frühen positiven Schock. In einem der Flure im Seminargebäude der Universität hatte er ein Mädchen gesehen, das er nicht kannte. Dieses Mädchen bückte sich plötzlich schräg vor ihm nach einem heruntergefallenen Blatt Papier. Dabei rutschte der Bund der Hose so weit herunter, daß der Ansatz der Kimme zu sehen war, zugleich der Rand des Pullovers so hoch, daß zwischen ihm und dem Hosenbund, unmittelbar über der Kimme und spitz in sie hinein verlaufend, so etwas wie ein üppig wuchernder Rückenbart zum Vorschein kam. Dieser Anblick hatte ihn überwältigt.
Er war, wie gesagt, kein Fetischist. Er bewahrte keine Lokke auf, weder als Erinnerung noch als Anregung. Er wand auch kein Haar um seinen Lockenprinzen oder klemmte denselben zwischen die Beine, um sich so in eigener, gleichsam hermaphroditischer, wenn auch nicht allzu üppiger Behaarung im Spiegel zu betrachten. Auf der anderen Seite konnte ihn auch seine durchaus behaarte Frau nicht davor zurückhalten, nach anderen Behaarungen Ausschau zu halten, zu streben, zu suchen. Die Behaarung seiner Frau, so könnte man sagen, verhinderte nicht, daß er danach strebte, mit noch behaarteren Frauen zu verkehren. Am Anfang war seine Frau eifersüchtig gewesen, das heißt nicht so sehr eifersüchtig wie, da er ja auch pausenlos von seiner Obsession redete, gekränkt darüber, daß ihre Haare, über deren Heransprießen sie sich in ihrer Pubertät durchaus geschämt hatte, nicht genügen sollten. Aber sie gewöhnte sich an seinen Jagd- oder Sammeleifer, ja allmählich, je mehr sie an Körperumfang zunahm, bekam der Gedanke an noch haarigere Weiber soetwas wie einen geheimen Kitzel für sie. Sie bedauerte den Teil ihrer Töchterschaft, der bei der Ausstattung mit Haaren nicht ganz so gut weggekommen war.

Da nun auch Frauen im allgemeinen nicht nackt herumlaufen und da er ja nicht nach ausführlicher Inspektion aussuchen konnte wie vielleicht in einem Bordell, es sei denn, er hätte sich auf Bordelle spezialisiert, was er nicht wollte, im Gegenteil, war zu fragen, auf welch geheimnisvolle Weise er es denn nun fertigbrachte, seiner Besessenheit zu gehorchen. Er ging, so muß die Antwort lauten, nach Indizien. Stärke, Dichte und Breite der Augenbrauen zum Beispiel stellten ein solches Indiz dar. Ob das berechtigt ist, ist, wie bekannt, umstritten, wird aber in der Regel bejaht. Ein anderes Indiz war die Art des Wuchses des weiblichen Nackenhaars, Dichte, Tiefe, vielleicht bis auf die Schulterblätter hinab, Form und Umriß der behaarten Hautpartie, Zusammenspiel von Nackenlinie und Haar. Ein weiteres Indiz: Backenbart, eventuell konzentriert in Form eines bärtigen Muttermals. Schließlich: Dichte und Stärke der Behaarung auf Unterarmen und Schienbeinen. Höchstes Entzücken: große kräftige Hände mit wolligem Fell auf dem Handrücken.

Es ist behauptet worden, und ganz ist das natürlich nicht abzustreiten, seine Obsession sei im Grunde nur der Ausdruck einer verdeckten Homosexualität. Dafür sprach, daß auch ungewöhnlich stark behaarte Männer ihn faszinierten. Dagegen, daß diese Faszination, jedenfalls in seinem eigenen Selbstverständnis, frei war von emotionalen oder sexuellen Erregungen. Haarige Männer bereiteten ihm einfach ein ästhetisches Wohlbehagen. Er fand diese haarigen Orang-Utangs von Burschen einfach schön. Oder war gerade das ein Anzeichen für die verdeckte wahre Neigung? Jedenfalls war er offensichtlich ganz zufrieden mit dem, was er hatte. Er hatte keine Komplexe. Oder vielleicht nur dann, wenn er daran dachte, daß ihm zufällig die allerbehaarteste Frau in seiner begrenzten Lebenszeit nicht mehr begegnen könnte.

Es müssen, der Vollständigkeit halber, noch zwei Bemerkungen zur Materialität und zur Mechanik seiner Besessenheit gemacht werden. Kann man übrigens, dies nebenbei, sagen, daß er besessen war? Ist es richtig, wenn ich Obsession mit Besessenheit übersetze? War er dazu nicht einfach ein allzu schlichtes Gemüt? Und wovon denn besessen? Von seinem Teufel? Und wohin komme ich denn, wenn ich so rede? Die Obsession von Haar als Teufel? Freuds Unterbewußtsein der Teufel, der jeden reiten kann, den mehr, den weniger, den dahin, den in die andere Richtung? Freud selber der Oberteufel?

Was die Materialität seiner Besessenheit betrifft, so muß man natürlich zunächst davon ausgehn, daß es verschiedene Haarfarben gibt, vor allem blondes, rotes, braunes, schwarzes, graues und weißes Haar. Sodann gibt es verschiedene Verbindungen von Haarfarben, aber auch Haardicke, Dichte der Behaarung usw. mit verschiedenen Typen und Beschaffenheiten von Haut, Standardverbindungen sozusagen, Abweichungen und ungewöhnliche Kombinationen wie natürlich schwarzes Haar mit heller sommersprossiger Haut. Schließlich sind Haarfarbe, Haarbeschaffenheit und Art der Haut wiederum verbunden mit verschiedenen Körperkonstitutionen. Und da war er eigentlich relativ einfach einzustufen. Denn so sehr er zu Zeiten für den dichten blonden Flaum auf einer hell gebräunten Haut schwärmen konnte, so unvergeßlich ihm die rot aufflammende dichte Haarzunge zwischen jenen prallen von Sommersprossen übersäten Arschbacken war, am meisten beeindruckten ihn dunkle Tönungen, brünett zu braun, bei dunkler glatter Haut und athletischer Figur, stutenhafte Krafttypen. Gleich danach kamen die dünnen langen Blonden, an denen jeder Muskel einzeln erkennbar ist und bei denen Arme und Beine vollkommen behaart sind.

Weiter muß gesagt werden, daß es in seiner Obsession einen gewissen mechanischen Ablauf gab. Zuerst verliebte er sich. Er verliebte sich nicht, wie Tannhäuser, gewohn-

heitsmäßig, sondern weil er diese bestimmte und stark behaarte Frau noch nicht kannte und einen Übergang brauchte. Natürlich dachte er nicht so sachlich darüber, wie es sich in der verkürzten Darstellung anhört, er war ja unter anderem auch ungemein sentimental. Er war in der ersten Phase schwärmerisch, elegisch, geistesabwesend, vergeßlich, träumerisch, fühlte sich getragen von Vorstellungen und Bildern, gab sich Phantasien hin, mitunter extremen, ungewöhnlichen und extravaganten, redete unzusammenhängend und schlief ganz vorzüglich und lange. Dann folgte die Phase der eigentlichen Annäherung, der er oft einen intellektuellen Anstrich zu geben versuchte, was ebenso oft zu Mißverständnissen führte, da die meisten dieser behaarten Stuten von Geist und Charakter geradezu und unkompliziert, jedenfalls nicht intellektuell waren. Überhaupt müßte man, wenn man, soweit man sie überblicken kann, die Laufbahn seiner Obsession überblickt, sagen, daß alle diese Liebschaften, was Gewohnheiten, Eigenheiten, Neigungen, Beschäftigungen, Interessen betrifft, einander ziemlich ähnlich waren. Sie ähnelten, heißt das, natürlich alle auch seiner Frau.
Schließlich folgte die eigentlich sexuelle Phase. In ihr schlief er wenig, war er stets munter, aufmerksam, konzentriert, in der Lage, größere Mengen liegengebliebener Arbeit in einem Zug wegzuschaffen, der Universitätsbetrieb lief vorbildlich, er versäumte keinen Termin, war auf Sitzungen und in Seminaren unbegrenzt ansprechbar, wirkte, kurz gesagt, wie ein Leistungssportler im Training. Nicht so sehr ein aufmerksamer, sensibler, spielfreudiger, obwohl er dies alles auch war, wie ein besessener Liebhaber. Er mußte einfach so rasch wie möglich jedes einzelne Haar am Körper der Frau, der er gerade verfallen war, kennen-, ja auswendiglernen. Es hat Spaßvögel gegeben, die gesagt haben, es kann doch in seinem Gehirn bald nichts anderes mehr geben als Haare. Manchmal hatte es den Anschein,

als ob der eigentliche Geschlechtsakt nur ein Vorwand war, um an all die Haare heranzukommen. Kannte er sie schließlich auswendig, wurde er lahm, entschuldigte sich und vergrößerte die Abstände zwischen seinen Besuchen nach dem Quadrat der zeitlichen Entfernung. Es gab keine Tragödien, er war nie unfreundlich, die behaarten Damen sprachen auch nie unfreundlich über ihn, er kehrte periodisch zu einer von ihnen zurück, war darin, wie seiner Frau gegenüber, eher sentimental.

Eines Tages aber lernte er Genoveva, die Witwe von Botnang kennen, so genannt, weil sie in einem westlich von Stuttgart gelegenen Vorort mit Namen Botnang ein Haus besaß, das sie von ihren Eltern geerbt und zum Teil vermietet hatte, nachdem ihr Mann, ein Portugiese, Miguel, in Afrika, wohin sie ihm damals gefolgt war, umgekommen war. Bei einer Größe von einsfünfundachtzig hatte Genoveva die Figur einer Fünfkämpferin. Sie war behaart vorn und hinten, oben und unten, an Beinen und Armen, an Bauch und Rücken, unter den Achseln und tief in den Nacken hinein, in dichten, langen, kräftigen, mahagonifarbenen, glatt und dicht hervorfließenden Feldern und Flüssen von Haar, sodaß nicht die behaarten, sondern die in der Minderzahl befindlichen unbehaarten Stellen ihrer Erscheinung den Akzent zu geben schienen. Sie übertraf alle.

Er lernte die Witwe merkwürdigerweise in Amsterdam kennen, wo er im Frühsommer an einer Tagung über Fragen des kulturpolitischen Fortschritts in Portugal und Brasilien teilnahm. Er verliebte sich stürmisch und gelangte noch während der Tagung an sein erstes Ziel, zum Teil, weil sie sich gelangweilt hatte, zum Teil, weil er sie an ihren Mann, Miguel, den verstorbenen Portugiesen, erinnerte. Im sonnigen und windigen Amsterdam machten sie angenehme Spaziergänge zusammen, fuhren auch einmal an die See nach Zandvoort, saßen in kleinen indonesischen oder

chinesischen Eßlokalen, und abends gab sie ihren haarigen Körper für seine Erkundungen frei. Es war viel Haar, und er hatte viel zu tun.
In der Folge versah er sich selbst mit allerlei Aufgaben und Aktivitäten, die eins gemeinsam hatten, sie führten ihn entweder nach Stuttgart oder nach Tübingen oder nach Karlsruhe. Immer jedoch übernachtete er bei der haarigen Witwe in Botnang, sodaß er sich am Ende der Einfachheit halber einen Nachschlüssel für ihre Wohnung machen ließ. Das ist von Bedeutung, weil ohne diesen Nachschlüssel der Effekt des Schocks, mit dem ihn die Witwe am Ende überraschte und verstörte, geringer gewesen wäre.
Er hatte sich an jenem Abend angekündigt, jedoch keine Uhrzeit ausgemacht. Als er die Wohnung betrat, sah er Genoveva nirgendwo. Er rief. Sie antwortete nicht. Dann hörte er ablaufendes Wasser im Badezimmer. Er setzte sich in einen der Sessel und fing an, in der Fernsehzeitung zu lesen, die auf der Sessellehne gelegen hatte. Dann stand er auf, holte Weingläser, stellte sie auf den Tisch, öffnete die Flasche mit Rotwein, die auf der Fensterbank stand, schenkte ein, setzte sich wieder und fing an zu trinken, ein einziger, gewohnheitsmäßig eingeübter und ausgeführter Bewegungsvorgang, dessen allzu glattem Ablauf ein Beobachter hätte ansehen können, daß er nicht ganz bei der Sache war. Hatte sie ihn beobachtet? Schon lange, ehe er sie schließlich bemerkte, wie sie, in einem langen leuchtend ultramarinblauen Bademantel, ein orangerotes Frotteehandtuch locker um den Kopf geschlungen, an der Tür stand?
Er stand auf. Sie ging auf ihn zu. Er wollte etwas sagen. Aber ihr Gesichtsausdruck machte ihn unsicher. Er hielt das Glas mit Wein halb erhoben in der Hand. Sie trat dicht an ihn heran. Sie warf den Bademantel mit einem Ruck von sich und riß mit derselben Bewegung das Handtuch vom Kopf, sodaß Mantel und Handtuch nun einen kräftig leuch-

tenden blauroten Fleck auf dem braunen Teppich bildeten. Sie stand regungslos und nackt, mit leicht auseinander gestellten Beinen, vor ihm, die Arme vom Körper abgespreizt. Er sah sie an, fassungslos. Sie war vollkommen und gründlich enthaart. Sie drehte sich um und bückte sich, damit er alles inspizieren konnte, drehte sich ihm dann wieder zu, noch immer ohne ein Wort. Kimme, Spalte, Bauch, Achseln, Beine, Arme, Kopf, Backen, Oberlippe: kein einziges Haar. -Ich wollte nur wissen, sagte sie, indem sie sich mit, wie er plötzlich fand, schamlos geöffneten Beinen auf die Sessellehne setzte: ob du mein Haar liebst oder mich.-

Er war schockiert. Er befand sich in einem unglaublichen Zustand. Er befand sich in einem Zustand, in dem er sich noch nie befunden hatte. Er trank, während sie ihm lächelnd, aber vielleicht auch ein wenig traurig zusah, drei Gläser Wein hintereinander. Dann noch eins. Was sollte er sagen? Er stammelte, aber es war nicht zu verstehen, was er ausdrücken wollte. Konnte er denn sagen, konnte er so inhuman sein zu sagen, daß er sich gezwungen fühlte, ihre Menschlichkeit, ihre Subjektivität, ihre Weiblichkeit, die ja unversehrt war und ihn, wie er jetzt, noch einmal, fand, schrecklich obszön anzustarren schien, wegen des Verlusts des Haars zu verachten, zu ignorieren, zu annullieren? Schließlich hob sie das Handtuch auf, wand es sich um den kahl glänzenden und, objektiv gesehen, haarlos besonders gut geformten Kopf und ging hinaus. Im Begriff, sich ein weiteres Glas Wein einzuschenken, stockte er in der bereits begonnenen Bewegung und setzte die Flasche an den Mund. Als er sie leer getrunken hatte, stand er auf und verließ das Haus. Er fuhr weg über Land, in einen Waldweg hinein, blieb da stehn. Ein Hund, der vor dem Auto stand und bellte, weckte ihn auf.

Zum erstenmal in seinem Leben hatte er soetwas wie Komplexe. Er fühlte sich krank, meldete sich krank, redete nichts und blieb im Bett. Der Rekord lag bei achtzehn Stunden pausenlosen Schlafs. Der Arzt, der ihn, von seiner Frau gerufen, untersuchte, fand nichts und empfahl ihm einen Versuch bei einem Psychotherapeuten. Er ging jedoch nicht hin, weil er Angst hatte, etwas, wie er sagte, verraten zu müssen. Er war, wenn man es altmodisch ausdrücken will, kreuzunglücklich. Von der Witwe aus Botnang hörte er nichts.

Anfang Oktober hielt er es nicht mehr aus. Unter einem Vorwand fuhr er nach Stuttgart in den Vorort Botnang. Er hielt den Wagen an in einer der Straßen, die in diesem Vorort die Namen von Komponisten tragen, saß eine Weile unbeweglich hinter dem Steuerrad, stieg aus und fing an, immer in unregelmäßigen Kreisen um das Haus herum, in dem die haarige Witwe Genoveva wohnte, spazierenzugehen. Es war ein sehr milder Frühherbsttag, sonnig und ein wenig verhangen. In den Vorgärten sah er, und sah er nicht, die schwarzlila Ruten des verblühten Sommerflieders, die schwarzgelben euterförmigen und vertrocknenden Rispen der Goldrute, die Büschel aus zartvioletten und weißen Blüten der Blume Schöngesicht, die Hängeleitern aus samtroter und weißlila Clematis und über allem die fedrig beblätterten Zweige des Essigbaums, die sich in ein blendendes Karminrot verfärbt haben. Und alle die Blumen, Büsche und Zweige für ihn wie ein einziger Teppich üppig wuchernden und phantastisch gefärbten Haars.

Eben vor Dunkelwerden endete sein Kreislauf vor dem Haus der Geliebten. An der Gartenpforte erstarrte er, unfähig, einen Schritt vor oder zurück zu tun. Zufällig trat die Witwe zur gleichen Zeit an das Vorderfenster ihres Hauses, sah ihn dort stehen und erstarrte ebenfalls. Doch war dann sie es, die, nach etwa vierzig Minuten bis dreiviertel Stunden, zuerst aus der Erstarrung erwachte. Sie öffnete die Tür und sagte schlicht: Wo kommst denn du her?- Als er sich immer noch nicht rührte und auch unfähig war, etwas

zu sagen, fügte sie hinzu: na komm schon.- Und dann: wenn du schon hier bist.- Da ging er hinein.
Sie setzten sich einander gegenüber und blickten sich an. Sie trug eine blonde Perücke und ein von oben bis unten durchgeknöpftes langes weißes Wollkleid, was beides sie sehr üppig erscheinen ließ. Sie fing an, das Kleid aufzuknöpfen. Als sie damit fertig war, zog sie die Arme aus den Ärmeln und saß nackt da. Dann zog sie sich die Perücke vom Kopf. Die Beine weit auseinander gespreizt und die Hände auf den Oberschenkeln, saß sie, starr aufgerichtet, und blickte ihn an. Er hatte den Kopf immer weiter hinabgesenkt, bis er fast zwischen den Knien hing. Als er es endlich wagte, zurückzublicken, sah er, daß sich auf ihrem ganzen Körper, fast gleichmäßig, eine Art Fell gebildet hatte. Er wurde von einer unendlichen Rührung ergriffen. In der Dunkelheit, die sich vom Inneren des Zimmers gegen die Fenster hin immer stärker auszubreiten begann, stand er auf, ergriff ihre Hände, zog sie hoch und umarmte sie.
Je enger aber er sie an sich preßte, umso rascher und dichter fing nun das Haar ihres Fells zu sprießen an, bis sie schließlich beide ganz und gar davon bedeckt waren, ja darin verschwanden wie in einem weiten Mantel oder gar in einem Zelt. Und sie, die Witwe, nun wie die Genoveva der Sage, die ihren Herzog Blaubart ganz und gar umhüllt, nur daß er, natürlich, alles andere war als ein Blaubart.

Froschkönig
Freud besucht am Abend

Es ist Juli und sehr warm. Große weiße Wolken bewegen sich in lang ausgezogenen Formationen langsam von West nach Ost über den Himmel, dessen Bläue jetzt, wie die Leute hier sagen, fast etwas Italienisches hat. Das Licht wechselt auf den Hängen und Tälern, den Wäldern, Wiesen, Feldern, Gärten, die alle weich abgerundete, sanfte Formen zeigen, so als solle nichts Schroffes, jäh Abbrechendes, Rauhes hier möglich werden. Auch die schräg gestaffelten Häuserzeilen des Mittelgebirges schwingen sich weich in die Landschaft. Einzelhäuser sind mit ihren Gärten wie in einem freundlichen, großzügig ausgebreiteten Muster über die Gegend verteilt.
Die Sicht ist gut. Vielleicht wird es später Gewitter und Regen geben. Es ist ein angenehmer Anblick. Wer den Anblick schätzt, hat das Gefühl, daß das Leben sich erfüllt. Einen Augenblick lang vergißt man, daß es Morde, Kriege, Hungersnöte, Krankheiten, Verzweiflungen gibt. Die Schatten, die über die Wege fallen, bewegen sich, wenn der Wind durch die Bäume geht. Die Zweige der Bäume und Büsche machen leichte, hin und her greifende Bewegungen. Es riecht nach erwärmtem Gras, nach den Blättern der Büsche, nach dem hellen Schotter der Wege und manchmal, wie in einer Strähne, nach Blüten, die man nicht identifizieren kann.
Ottilie Wildermuth ist einsneunzig groß, das ist nicht leicht für sie. Sie hat glattes, dunkelrotes, fast schwarzes Haar, das sie jetzt straff aus der Stirn weg gekämmt und im Nacken zu einem Schwanz zusammengebunden trägt. Sie hat keine Sommersprossen und den Hintern eines sechs Monate alten Stutfohlens. Sie ist am ganzen Körper gleichmäßig hell gebräunt, ohne Absatz, ihr Gesicht ist kurzsich-

tig vorgestreckt, sie streckt auch den Bauch ein wenig vor. Wenn sie unbekleidet eine Brille aufsetzt, sieht sie, sagt der Froschkönig, aus wie eine nackte Lehrerin. Sie steht auf dieser Wiese zwischen Wald und Garten und kichert. Sie kichert immer, wenn sie Angst hat. Aber das weiß niemand. Nicht einmal sie selber.

Natürlich steht sie nicht nackt dort unter den Apfelbäumen auf der hangan zum Wald aufsteigenden Wiese, die, ungemäht, die Vielfalt der Grassorten und Pflanzenarten jetzt, in der Julifülle, am reichhaltigsten zeigt. Unterhalb liegt der Garten, in dem, nach dem Wunsch des Froschkönigs, die Rosen das Übergewicht haben. Er ist sehr stolz darauf, vor allem darauf, daß es nur gelbe Rosen sind, in allen Schattierungen natürlich, jedoch keine roten, weder helle noch dunkle. Jetzt in der Nachmittagshitze hängt eine wahre Duftwolke darüber, und Ottilie verschlägt es den Atem, während sie hindurchgeht. Der Geruch betäubt sie, und an seinem Grund ist etwas, das ihr eklig vorkommt.

Sie ist nicht wirklich nackt dort oben, kichernd, unter den Bäumen mit den Äpfeln, deren Grün noch nicht ins Gelbe oder Rote gewechselt hat. Sie ist nicht wirklich nackt, aber das Kichern verrät, daß sie sich bereits in der Rolle sieht, in der sie nackt sein wird, in einem Ablauf von Bewegungen, aus dem es, wenn er einmal eingesetzt hat, und im Grunde bedeutet ihre Reaktion, daß es bereits passiert ist, keinen Ausweg geben wird. Sie sieht den Augenblick voraus, an dem ihre Passivität in Aktivität umschlägt, bis sie beinah allein aktiv erscheint.

Beinah. Darum geht es. Oder nicht? Geht es darum, daß sie beinah? Sie weiß, daß sie nicht ausweichen kann, wenn er einmal Hand an sie gelegt hat. Wenn er einmal eine seiner großen behaarten, aber wie sie findet, sehr schönen Hände auf ihr Schulterblatt, an ihre Brust, auf den Ansatz ihres Hintern oder zwischen ihre Beine gelegt hat. Sie weiß nicht, wo es schneller passiert. Aber es nützt auch nichts,

irgendetwas zu wissen. Weil es passiert. Es passiert, und sie kann weder abbiegen noch abbrechen, weder umkehren noch es beschleunigen. Kann sie nicht jetzt, statt durch diesen süßen und ekligen Rosenduft zu gehn, sich umdrehn und in den Wald weglaufen? Wenn es ein Märchen oder eine Geschichte, ein Roman oder eine Romanze wäre. Wenn man es auffaßt als etwas Ausgedachtes, in dem die Möglichkeiten so zahlreich sind, wie es Wörter gibt, sie zu sagen. Aber nicht in der Wirklichkeit. Und dies war doch wohl die Wirklichkeit. Oder nicht?
Kann sie denn nicht sagen: ich habe keine Lust? Kann sie denn nicht sagen: ich will das jetzt nicht? Hier gibt es etwas, das sie beunruhigt. Beunruhigt? Nein. Das sie haßt? Nein. Worin sie unsicher ist? Vielleicht. Worin sie mehr Sicherheit haben möchte? Vielleicht. Worin sie mehr sie selbst sein möchte? Was sie sich zugleich ganz stark wünscht? Nicht so, in solchen Worten. Wo sie eigentlich nicht weiß, was sie will? Vielleicht. Wo, was zu wollen in ihrer Möglichkeit steht, wie außerhalb von ihr steht? Vielleicht. Wo sie, was sie als ihr Wollen, Planen, Plänemachen, Befriedigen, Sichzufriedenstellen empfindet, nicht in Einklang bringen kann mit dem, was ihr Körper, ja was nur Teile ihres Körpers ihr aufdrängen?
Sie kennt ihn nun schon so viele Jahre. Und es ist ihm noch immer, wenn er gewollt hat, gelungen, sie zu verführen. Das mit ihr zu tun, was man meint, wenn man sagt: er hat sie verführt. Er sie, nicht sie ihn. Das war immer der Punkt. Das ist der Punkt. Es hat ein sehr törichtes Vierteljahr gegeben nach dem ersten Kontakt, der ersten Verabredung, der ersten Erfahrung mit ihm in einem merkwürdigen Hotel am Zeltweg in Zürich. An dieses Vierteljahr, während dem er, das muß man zugestehn, ehrlich hinter ihr her war, denkt sie nicht gern zurück. Aber plötzlich, mitten in der Nacht, wenn sie aufwacht von einem Traum, an den sie sich nicht mehr erinnert, wünscht sie es sofort, wie

heißhungrig darauf, als wenn das die einzige Zeit gewesen ist, in der sie lebendig war. Plötzlich haßt sie ihn. Aber er sieht sie immer wieder. Er arbeitet für sie in dem Fernsehjob, den sie macht. Er ist da sehr nützlich für sie, und sie für ihn. Sie brauchen und benutzen sich. Aber abgesehen vom Praktischen, kann sie ihm eben nicht ausweichen, so wie jetzt, wenn sie ihn wieder einmal besucht in seinem sehr schönen Haus auf dem Land, wo er arbeitet und, wie er es seit langem gewöhnt ist, erfolgreich ist.

Der Froschkönig ist ein großer fleischiger Mann, nicht ganz so groß wie Ottilie. Er wiegt jetzt fast zwei Zentner, ist muskulös, immer noch, Anfang sechzig, gut trainiert, ein Schwimmer, ein Wald- und Strandläufer, glatzköpfig, mitten im breiten, plattbackigen, glattrasierten Gesicht eine große, knochige und leicht gebogene Nase. Ein großer Mann. Berühmt. Erfolgreich. Sehr erfolgreich. Gut verdienend in allen Sparten. Sehr gut verdienend, wie manche annehmen. Weniger originell, so sagen Kollegen, als er selber sich einbildet. Aber geschickt und voller Einfälle. Jemand, der alles, wofür er sich interessiert, kommunizierbar, ja genießbar machen kann, weil er die Fähigkeit besitzt, so ein kleines, den Geschmack aufrauhendes Gewürz beizumengen, das erst den Appetit und die Nachfrage weckt. Ein Autor zwischen Wissenschaft und Literatur, der sich unter anderem das Medium des Fernsehens gefügig gemacht hat. Und vielleicht ist er sogar einer der ganz wenigen, die immer und totensicher den Punkt erwischen, an dem es darauf ankommt, daß jetzt Bild in Ton, oder Ton in Bild überwechselt. Darüber macht sich Ottilie ja keine Gedanken. Darüber ist sie sich ja ganz sicher. Sicherer vielleicht, als ihr guttut.

Der Froschkönig, um auch das anzubringen, heißt nicht Froschkönig, weil er die Angewohnheit hat, bei ganz verschiedenen Anlässen die Redensart: sei kein Frosch, zu verwenden. Eher umgekehrt. Er hat sich das angewöhnt zu sagen, weil er Froschkönig heißt. Weil er, darüber sollten wir uns doch nun im klaren sein, der Froschkönig ist. Was immer das bedeutet, es wird sich vielleicht noch erweisen, und obwohl er, wenn man schon in diese Richtung blickt, mehr wie eine überdimensionale Kaulquappe aussieht. Er ist unverheiratet. Man kann es sich auch nicht vorstellen. Sein Einfluß auf Frauen ist bekannt, aber nicht spektakulär. Er ist überraschend diskret. Man weiß, daß er alles, was er sich vorgenommen hat, durchgeführt hat. Man kann ihn als sinnlich und gemütskalt bezeichnen. Jedenfalls erscheint er so. Er ist ein großer Redner und Unterhalter, aber man kann schwer abschätzen, was er wirklich denkt. Ottilie denkt manchmal, daß er durch und durch böse und niemals zu befriedigen ist.

Ottilie ist jetzt durch den Garten hindurchgegangen und kommt auf der Terrasse an. Die Luft drückt. Hinter den bewaldeten Berghängen erscheint eine flache graue Wolkenbank. Ottilie geht über die Terrasse, auf der ein großer unbemalter Holztisch und Holzsessel stehen, die mit Pferdefellen bespannt sind, ins Haus hinein. Es ist, als ob der Geruch der Rosen ihr eben jetzt weniger eklig erscheint, eher, vielleicht im Kontrast zur drückenden Schwüle, etwas Würziges annimmt. Der Froschkönig steht breitbeinig und massiv, in Jeans und Jeanshemd, die nackten Füße in indischen Zehensandalen, wie es eben Mode ist, mitten im Zimmer. Er steht unmittelbar vor einem Bild des Amerikaners Richard Diebenkorn, zweieinhalb Meter hoch und gut zwei Meter breit, das er vor kurzem gekauft hat. Es hat den Titel Ocean Park Nr. 54, ist zum größten Teil von blaugrüner Färbung, in verschieden große rechteckige Felder unterteilt, jedoch nicht strikt geometrisch, oben befinden sich grüne und gelbe Streifen, in der rechten oberen Ecke ein dunkelblaues und ein violettes Feld.

Er blickt Ottilie an mit kleinen, tief und dicht an der Nasenwurzel liegenden Augen, die manchmal einfach wie Löcher aussehen. Ottilie hat vieles versucht in den nun beinahe fünfzig Jahren ihres Lebens, um herauszufinden, was gut für sie ist oder was nicht. Sie hat einmal, als sie Leni Riefenstahl interviewen wollte, mit einem der riesigen Nubakrieger geschlafen, bei denen diese Frau lebt. Sie hat einen wunderschönen Berber, der auf französische Touristinnen gedrillt war, ausprobiert. Sie ist einmal mit zwei wahnsinnig netten schwulen vollbärtigen Hamburger Jungs in Griechenland gewesen. Sie hat monatelang bei einem ungeheuer starken türkischen Architekten gewohnt. Sie hat wahnsinnig schicke Ferien mit einem Playboy aus Wuppertal, ausgerechnet aus Wuppertal, gemacht. Man kann nicht alles aufzählen. Zahlreiche schüchterne, gebildete, langweilige, amüsante, freche, nette, zärtliche, brutale, aufmerksame, vergeßliche Akademiker, Schriftsteller, Künstler, Gesellschaftslöwen, Kollegen, Kameramänner und Beleuchter sind an ihr vorbei, ja sozusagen durch sie hindurch gegangen. Ohne eine Spur zu hinterlassen. Sie weiß, mit fünfzig, noch immer nicht, ist sie dafür oder ekelt sie sich davor? Er blickt sie an. Sie versucht, sich zu versteifen. Es sind diese schrecklichen Augen, zu denen sie immer zurückkehren muß. In die Löcher dieser Augen ist ihr allerliebstes Spielzeug gefallen, und nur er kann es ihr wiedergeben. Er lächelt, wenn man das, was er mit seinem Gesicht tut, lächeln nennen kann. Etwas bewegt sich in ihrem Rücken. Es zittert da und hört nicht auf zu zittern. Es ist, als ob ihr ganzer Stutenhintern vibriert. Dies Gefühl, wie eine Freundin einmal zu ihr gesagt hat: wenn du weißt, daß er heraus will, daß er ihn zeigen will.- Sie tritt jetzt dicht vor ihn hin. Schamlos, wie sie zu sich selber sagt, aber entschlossen, es hinter sich zu bringen, öffnet sie Gürtel und Reißverschluß seiner Jeanshose, streift mit ihr die Slips, die er trägt, herab und beginnt, sein steif stehendes Glied zu masturbieren. Sie hält den Kopf gesenkt und blickt, nun vollkommen überschwemmt, auf das herab, was sie da tut. Er sagt, über ihr: Stop. Das geht zu schnell.-

Später sitzt sie auf ihm, die Füße rechts und links von ihm fest auf das Bett aufgestemmt, wie sie es gelernt hat, sein Glied so tief wie möglich in ihr. Sie beugt sich, hin und her rutschend, vorwärts und rückwärts, sodaß sein Glied zugleich massiert und wie ein Hebel vor und zurück bewegt wird. Sie hat eine Hand zwischen den Beinbeugen hindurch geschoben und versucht, seine Hoden zu betasten und zu drücken. Die Analgegend kann höchst erogen sein. Viele Frauen finden Vergnügen an oraler wie manueller Stimulation des Anus. Der anale Schließmuskel ist ein kräftiger Muskel, in den man vorerst nicht eindringen kann. Weiter gehn, als es normal geht. Aber er hat keine Phantasie. Wenn sie spürt, wie sein Körper zu zucken beginnt, öffnet sich ihr Mund. Sie röchelt, grunzt. Wenn sie sich schneller bewegt und die ganze Masse ihres Einsneunzigkörpers einsetzt, versteift er sich, biegt sich hoch und bleibt so, zitternd, stehn. Mit einem Schrei bricht sie über ihm zusammen. Mit beiden Händen fängt sie an, seine Schulternhaut aufzukratzen. -Nana, sagt er, atemlos: Wie soll ich denn morgen zum Baden gehn?-
In diesem Augenblick gelingt es Ottilie, rasend vor Wut, von ihm herunter, aufzuspringen, ihn hochzuheben und mit aller Kraft an die Wand zu schleudern. Während sie keuchend, die runden Brüste hin und her baumelnd, den Hintern eines sechs Monate alten Stutfohlens herausgedrückt, da steht, fällt er mit dumpfem Gepolter zu Boden. Verwundert, ja überrascht, so scheint es, schüttelt er den Kopf und blickt sie an. Seine kleinen Augen scheinen zu glitzern. Er wälzt sich von der Wand weg auf den Bauch und fängt, mit den Fäusten auf den Teppich hämmernd, zu lachen an. Sie setzt, um ihn genauer zu betrachten, die Brille auf. Er sieht sie und ruft, zwischen Lachanfällen, wie unzählige Male vorher: Du siehst aus wie eine nackte Lehrerin!-
Über den Bergen ist der Himmel fast vollständig von einer

schieferblauen Wolkenwand bedeckt. Im stumpfen und flachen Blau zeigen sich gelbliche Flecke. Hinter den Wäldern leuchtet es auf. Ein plötzlicher Windstoß kommt über die Terrasse herein. Dann blitzt es quer über den Himmel. In den nachhallenden Donner fallen die ersten schweren Tropfen. Dann wird es wieder still. Das Zimmer ist vollkommen erfüllt vom Geruch der Rosen. Blitz und Donner liegen nun dichter beieinander. Windstöße fließen ineinander über und werden zu einem gleichmäßigen frischen Luftstrom. Plötzlich und überwältigend prasselt der Regen herab.
Ottilie und der Froschkönig liegen nackt und friedlich nebeneinander und genießen die Frische von Regen und Wind. Ihre schweißbedeckten Körper trocknen ab. Sie hat den Froschkönig an die Wand geschleudert. Aber die Verwandlung hat nicht stattgefunden. Das Märchen ist nicht eingetreten. Wenn die Prinzessin den widerwärtigen Vergewaltiger, der das Recht zur Vergewaltigung erkauft hat mit der Rückgabe der gesellschaftlichen Privilegien, der bereits verlorenen Besitzrechte, dem allerliebsten Spielzeug, in dem Moment, in dem er, naß, glitschig und kalt, in sie einzudringen versucht, an die Wand schleudert, findet die Verwandlung statt. Sie erkennt in ihm den Wunschprinzen, die Erfüllung ihrer Träume, den unendlichen Befriediger ihrer Lust, das endliche und eigentliche Objekt ihrer Libido.
Anders Ottilie Wildermuth. Zwar hat sie, wie erzählt worden ist, den Froschkönig an die Wand geschleudert, aber nicht, weil er naß, glitschig und kalt war, sondern aus Wut. Das Problem Froschkönig, das im Märchen auf einen einzigen, überschaubaren, allegorischen Akt zusammengezogen scheint, aus dem alle wesentlichen Komponenten abgelesen werden können, erweist sich hier als unaufhebbare Ambivalenz zwischen Zu- und Abneigung. Die äußerste Extravaganz libidinöser Phantasie, die sie benötigt, um

weggeschmolzen zu werden, die ihr nur der Froschkönig, nur so jemand wie der Froschkönig erregen kann, wird ihr von ihm verweigert. Sie kann sie, schockartig ernüchtert, nicht in Einklang bringen mit der Rolle, in der sie sich als Prinzessin mit der goldenen Kugel, ihrem allerliebsten Besitz, am Brunnen, welch einem Brunnen, spielen sieht.
Das Haar, das Ottilie, wie gesagt, straff nach hinten gekämmt trägt, hat sich bei aller Turbulenz kaum gelockert. Es deutet an, daß es Konstanten in ihrem Wesen und ihrer Erscheinung gibt, auf die man nicht unbedingt gefaßt sein kann. Durch diese Haartracht wird, das ist bisher nicht erwähnt worden, auf ihrer linken Backe, etwas oberhalb des Backenknochens, unmittelbar vor dem Ansatz des kleinen und bei ihr besonders reizvoll ausgebildeten Knorpelansatzes, hinter dem die Windung ins Innere der Ohrmuschel führt, ein ovales Muttermal sichtbar, auf dem sich soetwas wie ein buschiger, dunkelroter Miniaturbart gebildet hat. Der Froschkönig blickt dieses Haarbüschel an. Er nähert ihm sein Gesicht, seinen Mund. Er spitzt seine Lippen und streift damit über das Haar.
Plötzlich findet die vermißte Verwandlung statt. Wenn auch nicht wie im Märchen. Denn der Froschkönig bleibt immer der Froschkönig. Während der Regen trommelt, dringt Helligkeit durch die sich verdünnenden Wolken. Für einen Moment scheinen Frage und Antwort ohne Rest und Differenz ineinander aufgegangen. Ob es für den Froschkönig etwas bedeutet, ist schwer zu sagen. Im Grunde ist er es ja, der schwieriger zu beurteilen ist. Es gilt in diesem Moment für sie, für Ottilie. Sie ist das Medium.
An den Spannungscharakter der sexuellen Erregtheit knüpft ein Problem an, dessen Lösung ebenso schwierig wie für die Auffassung der Sexualvorgänge bedeutsam wäre. Trotz aller darüber in der Psychologie herrschenden Meinungsverschiedenheiten muß daran festgehalten werden, daß ein Spannungsgefühl den Unlustcharakter an sich tragen muß.

Es ist entscheidend, daß ein solches Gefühl den Drang nach Veränderung der psychischen Situation mit sich bringt, treibend wirkt, was dem Wesen der empfundenen Lust völlig fremd ist. Die Vermutung, diese Spannung ergebe sich irgendwie aus der Lust selbst, wird hinfällig, da bei der größten Lust, die an die Entleerung der Geschlechtsprodukte geknüpft ist, keine Spannung erzeugt, sondern alle Spannung aufgehoben wird.
Wenn es nicht aufgeklart hätte nach dem Gewitter, hätten sie nicht draußen sitzen können. Wenn sie nicht hätten draußen sitzen können, hätten sie ihn vielleicht garnicht gesehen. Obwohl auch so, in der Dämmerung der frühen Nacht, zwischen den träge abwandernden Wolken manchmal der halbe Mond, blasses Licht und schwere Schatten auf Garten, Wiese und Wald verteilend, die Lichtkreise der beiden Windlichter auf der Terrasse manchmal im leichten Windzug aufflackernd, der Wind angefüllt mit dem Geruch der gelben Rosen und plötzlich, dazwischen der Geruch von nassem Gras und Wald, Nachgewittergeruch nachts, ist es nicht ganz gewiß, ob sie ihn gesehen haben, ob sie seine Stimme gehört haben oder ob er eine Halluzination gewesen ist, erzeugt von der Auflösung der Spannung nach der größten Lust, die, wie es heißt, an die Entleerung der Geschlechtsprodukte geknüpft ist. Erzeugt aber vielleicht auch von den Restbeständen der unaufgelösten Differenz und ihrer undeutlichen Vermischung mit dem Wein, der dunkel und schwer ist.
Der Froschkönig ist, für dieses Mal, einmal aus der Rolle gefallen und hat Ottilie zehn Minuten lang Vorwurf auf Vorwurf gemacht. Ottilie hat, zu ihrer eigenen Überraschung, mit Vergnügen zugehört. Aber es erregt sie nicht, es ist wie das Aufpuffen von ausglühenden Holzstücken bei einem niederbrennenden Lagerfeuer. Der Froschkönig hat, wie man es in solchen Momenten liebt, eine Platte aufgelegt: Köln Concert von Keith Jarrett. Er hat eine Flasche

Wein aufgemacht, die man in solchen Momenten liebt, Romanée Conti diesmal. Der Froschkönig sagt: Meinst du nicht auch, daß zu Beginn der individuellen Entwicklung alle Libido, alle Liebesfähigkeit an die eigene Person geknüpft ist, das eigene Ich besetzt, und erst später geschieht es, daß die Libido auf die äußeren Objekte überfließt, wodurch wir erst in die Lage kommen, die libidinösen Triebe von den Ich-Trieben zu unterscheiden, wovon dann die Libido wieder abgelöst und ins Ich zurückgezogen werden kann.- -Wen zitierst du da schon wieder? fragt Ottilie. -Freud natürlich, antwortet der Froschkönig lächelnd.

-Aber weißt du denn nicht, fährt er nach einer Weile mit erhobenem Weinglas, in dem eben jetzt die Windlichter ein merkwürdiges Feuer aufflackern lassen, fort: daß ich, so oft ich mich bemühe, etwas deutlich auszudrücken, nur ein wenig in irgendeiner Arbeit von Freud zu blättern und zu lesen brauche, und schon fällt mir etwas ein? Wobei mir jedes Mal neu auffällt, wie sehr, wenn er gelesen wird, nicht das Unmißverständliche aufgenommen wird, das er doch enthält, sondern das vorgefaßte Mißverständnis des mißverstehenden Lesers.- -Ich finde ihn einfach altmodisch, sagt Ottilie. Nach einer Weile fügt sie hinzu: aber überzeugend.- -Aber ist es das nicht gerade? fragt der Froschkönig, das Glas, aus dem er nun garnichts getrunken hat, auf die hölzerne Tischplatte zurücksetzend: jemand aus der anderen Zeit, der es schon so gesagt hat, wie ich es eigentlich garnicht mehr oder wenn, nur wieder sagen kann?-

Dies ist der Augenblick, in dem sie zum ersten Mal die Figur aus dem Wald heraustreten sehen oder zu sehen meinen. Etwas anders und fremd Gemustertes bewegt sich durch das wäßrige Mondlicht und die aufzitternden Schatten der Apfelbäume. -Sieh mal, sagt Ottilie und richtet sich auf. Eine langgestreckte düstere Wolke verschluckt den Mond. -Was? fragt der Froschkönig. -Ich dachte, es kommt ein Mann aus dem Wald, antwortet Ottilie. -Wer denn wohl? fragt der Froschkönig. Nun tritt die Gestalt aus den Rosenbüschen des Gartens hervor. Es ist ein alter Mann, altmodisch gekleidet in einen Anzug aus schwerem braunem Stoff, die Jacke offen, die Weste so hoch geschlossen, daß man zwischen den eingeklemmten Ecken des gestreiften weichen Hemds nur den Knoten des altmodisch geschlungenen Schlipses sieht. Er geht langsam, ein wenig vorgebeugt. Als er die Terrasse betritt, ist erkennbar, wie faltig, truthahnartig der Hals ist. Die Backen, die eingefallen sind, sind umrahmt von einem ordentlich gestutzten und gekämmten weißen Bart. Über der kräftig vorspringenden Nase blitzen die Brillengläser, darüber wölbt sich die Stirn bis in den weißen Haaransatz, der bis auf die Mitte der Schädeldecke zurückgetreten ist. Die Ohren sind groß, lang und schlaff.

Im obersten Knopfloch ist mit einem Ring das Ende einer goldenen Uhrkette befestigt, die in flachem Bogen zur linken Westentasche herabhängt. Während der Ankommende, stehenbleibend, die Brille auf die Stirn hinaufschiebt, holt er mit Daumen und steif zusammengelegtem Zeige- und Mittelfinger die Uhr aus der Westentasche, drückt den Klappmechanismus, sodaß er sich mit einem raschen Aufblitzen öffnet, und hält das Zifferblatt dicht vor die Augen. Dann schiebt er die Brille zurück und steckt die Uhr ein und verbeugt sich, förmlich, steif, wobei soetwas wie ein Lächeln von den weißen Schnurrbartenden über die Brille läuft, und setzt sich auf den dritten, fast ganz im Dunkeln stehenden Sessel.

-Wie geht es dir? fragt Ottilie, die ja in einer Weise seine Mutter, in einer anderen aber seine Enkelin sein könnte.

-O ganz gut, sagt der Fremde mit überraschend kräftig tönender, dunkler Stimme: es ist ja für uns nicht mehr so wichtig. So wesentlich, könnte man sagen, da ja unser Wesen aufgehört hat, sich dafür zu interessieren. Weißt du das denn nicht?- -Nein, das weiß ich eben nicht, antwortet Ottilie. -Du solltest aufhören, dir Sorgen zu machen, mein Kind, sagt der alte Mann freundlich: es wird Zeit, daß du es zugibst. Mehr wird es nicht sein. Bist du nicht befriedigt?- -Ich hätte so gern, murmelt Ottilie: ich wäre so gern, ich möchte so gern, ich würde so gern, ich täte so gern, ich wüßte so gern.- -Alle diese Konjunktive, sagt der alte Mann und seufzt.

Während dieses Dialogs ist der Froschkönig immer tiefer in den Schatten der beiden Seitenbretter des Sessels, in dem er sitzt, zurückgewichen. Es scheint, als wolle er seine Dreidimensionalität zurückverwandeln in etwas Flächiges, eins werden mit der Oberfläche des Fells, das über die Sessellehne gespannt ist, das Kinn auf die Brust herabgedrückt, Schattenflecke anstelle der Augen, nicht einer, der zuhört, sondern einer, der sich bemüht, mit allem Nachdruck, wegzuhören, sich herauszuhalten, unsichtbar zu werden, und tatsächlich wirkt er nun, wenn eines der beiden Windlichter in einem neuerlichen Windzug aufflakkert, schon fast wie das sich verändernde Muster der Felllehne.

-Die Erfahrung lehrt, sagt der alte Mann nun fast dozierend, die rechte Hand mit gestrecktem Zeigefinger erhebend: daß es für die meisten Menschen eine Grenze gibt, über die hinaus ihre Konstitution der an sie gestellten Anforderung nicht folgen kann. Alle, die edler sein wollen, als ihre Konstitution es ihnen gestattet, verfallen der Neurose; sie hätten sich wohler gefühlt, wenn es ihnen möglich gewesen wäre, schlechter zu sein. Wer in der gewaltsamen Unterdrückung seiner Neigung zu Härte und Grausamkeit ein Überguter geworden ist, dem wird dabei soviel an Energie entzogen, daß er nicht ausführt, was seinen Kompensationsregungen entspricht, und im ganzen leistet er weniger, als er ohne Unterdrückung zustande gebracht hätte.-

Wenn der Mond den fernen Rand des Waldes erreicht hat und nun schräg in merkwürdig gelber Verfärbung dem unregelmäßig gezeichneten Horizont aufsteht, erhebt sich, wie aus den flüsternden Rosensträuchern heraus geboren, ein stetig kräftiger Wind. In seinem Andrang verlöschen die beiden Windlichter. Einen Augenblick lang scheint es vollkommen dunkel. Ottilie beginnt zu kichern. Das Kichern steigt in der Tonhöhe an, wird schrill. -Stop das, sagt der Froschkönig, aber wie gleichgültig, wie unbeteiligt. Ottilie schreit hoch, klagend, tönend auf. Der Wind nimmt den Schrei und trägt ihn weg. Vermischt ihn mit den Geräuschen der Bäume, der Tiere, der fern aufsummenden menschlichen Maschinen. Langsam rutscht der gelbe Mond hinter die Wipfel der fernen Bäume hinab.

Das Unterbewußtsein des Löwen

Der älter werdende Löwe sah eigentlich so aus, als ob er in seiner Jugend ausgesehen hatte wie Rainer Maria Rilke. Salonlöwe, Gesellschaftslöwe, Löwenjägerinnenlöwe, Baulöwe, Willi the Lion Smith, Bazoumana Sissoko le Vieux Lion, der Schlaf des Löwen: alles dieses nicht. Hatte er eine Rolle gespielt? Hatte er sich im Laufe seines Lebens daran gewöhnt, eine Rolle zu spielen? Die, wie wir hier abkürzend sagen, Rolle des Löwen? Ein sogenannter Löwe. Genannt Löwe. Haben Sie den Löwen gesehn? Der Löwe hat gebrüllt. Mit dem Löwen ist heute nicht gut Kirschen essen. War es ein Bild, das allmählich von seiner Person in der Öffentlichkeit entstanden war? Dessen Entstehen er vielleicht, hier und da, durch diese oder jene Aktivität, diese oder jene Äußerung, unterstützt hatte? Nichts Typologisches. Er war nicht der löwenartige, löwenmäßige Typ: kraftvolles Auftreten, Löwenmähne, das Schütteln des mächtigen Hauptes. Stattdessen: hager, klein, knochig, knochige Nase, kalter, kalt abschätzender Blick, keine Herzlichkeit, kurz geschorenes graues borstiges Haar, das durch nichts zur Mähne hätte werden können, goldumrandete Brille, lange knochig schöne Hände, schöne Nägel, kaum Altersflecke. Weniger als eine Rolle? Ein Spitzname? Die Frage, die zu stellen wir nicht umhin können, müßte lauten: wieweit war, wenn er Löwe hieß, dieser Name, wie viele, ja die meisten Namen, einfach Zufall?
Die andere Frage, die hier zu stellen wäre, würde heißen: was wäre ein Löwe privat? Was ist er innen? Was sind seine Empfindungen, Gefühle und Wünsche, seine Ahnungen, Ängste und Träume, seine Besessenheiten, Triebe und Laster, was seine Unsicherheiten, Vergeßlichkeiten, Eitelkeiten, Marotten, Grillen, Schrullen, Ticks, Tricks? Hatte

der Löwe, als Löwe, wie wir hier abgekürzt sagen, dies alles: Empfindungen, Gefühle, Wünsche, Ahnungen, Ängste, Träume, Besessenheiten, Triebe, Laster, Unsicherheiten, Vergeßlichkeiten, Eitelkeiten, Marotten, Grillen, Schrullen, Ticks, Tricks? Hatte er sie außerhalb des Löwenartigen, Löwenischen, oder wie sagt man? Löwengefühle, Löwenängste, Löwentriebe, Löweneitelkeiten, Löwenschrullen, Löwenlaunen oder nicht? Löwen waren nun mal so? Oder wie? Löwen hatten nun mal so und so ein Gefühlsleben, Sexualleben, Charme, Zorn, Großmut, Laune? Die Schwierigkeit des älter werdenden Löwen oder, vielleicht genauer, die Schwierigkeit des Älterwerdens bestand für den Löwen, ohne daß er es hätte ausdrücken können, aber doch an allen Ecken und Enden erkennbar, darin, zu entdecken, daß er, was für ihn etwas Ungewohntes war, all dies hatte: Empfindungen, Gefühle, Wünsche, Ahnungen, Ängste, Träume, Besessenheiten, Triebe, Laster, Unsicherheiten, Vergeßlichkeiten, Eitelkeiten, Marotten, Grillen, Schrullen, Ticks, Tricks. Nicht nur Launen, die er schon immer zugestanden hätte.
Er hatte auch Schwächen gehabt. Keine Laster. Es hat Momente und Situationen gegeben, in denen er sich als schwach erwiesen hat. Schwach als Löwe. Schwach als Persönlichkeit. Entscheidungsschwach? Willensschwach? Widerstandsschwach? Schwächen, letzten Endes, dennoch eines Löwen? Keine Unbedenklichkeiten, kein unbedenkliches Nachgeben Gelüsten oder Opportunitäten gegenüber. Taktisches Lavieren? Vielleicht. Auch die Affäre mit dem Beauty-Saloon der Madame Hoppelpoppel war nicht das gewesen, was seinem Zeitungskollegen, Napoleon Bonapipi, nachgesagt wurde, sondern eine Falle. Seine, des Löwen, Schwächen, wenn man ein solches Wort bilden kann, waren dennoch löwisch. Niemand kann ganz und gar Löwe sein. Auch Löwen sind nur Menschen. Allerdings war so zu reden riskant. Denn wenn löwisch sein mensch-

lich sein hieß, konnte man rasch aufs Allzumenschliche kommen. Das eben machte dem älter werdenden Löwen Schwierigkeiten. Sein, so sagten sie wechselweise voneinander, Freund Bonapipi hatte keine Schwierigkeiten. Vielleicht hatte er auch deshalb keine Schwierigkeiten, weil er kein Löwe war.
Kann man sagen, der Löwe ist löwisch gewesen und fing nun an, es nicht mehr zu sein? Wie überhaupt, dies eine Nebenfrage, und in welchem Umfang kommt es dazu, daß ein Mensch mit einem Adjektiv aus dem Tierreich belegt wird? Was ist gemeint, wenn man sagt, einer ist tierisch, tierisch ernst sogar, oder viehisch, säuisch? Warum sagt man, dieses Gesicht hat einen schäfischen Ausdruck, aber nicht, einen stutigen? Warum kann einer ein füchsisches Lachen zeigen, aber kein kühisches? Warum ein wölfisches, aber kein coyotisches? Warum ein hündisches, aber kein ziegenböckisches Wesen? Warum ist jemand äffisch, aber nicht krähisch? Warum kann sich jemand dackelig benehmen, aber nicht windhündisch, schlängisch oder schlängig? Warum pudelig, kälbisch, katzig, aber nicht rehisch, täubisch, karnickelig, alligatorisch, öchsisch, walig, adlerisch, adlerig, giraffisch, tigerig, leopardisch, jaguarisch, pantherisch, gepardisch? Warum sollte einer nicht statt dieses wölfischen Grinsens ein haiisches haben?
Natürlich war der Löwe weder ein Leopard noch ein Hai. Sowohl wörtlich wie auch übertragen war der Vergleich unmöglich. Denn wenn ein Löwe ein Löwe ist, ist er ein Löwe. So einfach. Einfach so. Er hatte eine gemischte Karriere absolviert und war eine öffentliche Persönlichkeit gewesen. Sagen wir: eine frühe Solistenlaufbahn, Violine, nach einer Verwundung noch im Krieg abgebrochen. Ein bißchen Theater, ein bißchen Oper, nebenbei ein Betriebswirtschaftsstudium, kompetent in allem, was er unternommen hat, Verwaltungsposten im Theaterbetrieb, am Ende Opernintendant, Vorliebe für Ballett und Instrumentalsoli-

sten. Zugang zum inneren Zirkel einer der großen Parteien, welcher, spielt hier keine Rolle, es ist oder es wäre immer die gewesen, die örtlich den meisten Einfluß hat. Dennoch ein Einzelgänger, niemals, wie der ihm nahestehende Bonapipi gesagt hat, im Rudel gejagt, dieser, Bonapipi, hat es nie verstanden, sprichwörtlich geworden fast durch plötzliches und überraschendes Eingreifen in öffentliche Diskussionen, das er sich hin und wieder erlaubte und andere ihm. Der Löwe hat gebrüllt, so pflegte im Scherz Bonapipi zu sagen. Zu Untergebenen milde, freundlich und kalt, Gerechtigkeitsgefühl oft mit der Überhebung des eigenen Urteils verwechselnd. Mißtrauisch gegen ideologisch Engagierte, nachsichtig gegen Leidenschaft um der Sache willen, selber oft unfähig, sich zu entscheiden, leidend darunter, aber unnachgiebig bestrebt, das zu verbergen. Daher ununterbrochen tätig, ohne je wirklich lange genug nachzudenken.
Als er, aus Gründen des Alters, aber nicht ohne Mitwirkung von Gründen der Politik, der er vielleicht allzu oft sein Mißtrauen gezeigt hatte, in den Ruhestand versetzt worden war, hatte er zuerst versucht, Zeitlücken, die sich allerdings nicht so auffällig einstellten, wie er befürchtet hatte, durch pausenlose Aktivität zu füllen. Aber das ließ nach. Er hatte ja zu tun. So war es nicht. Sie ließen ihn weiter gelegentlich brüllen. So war es nicht. Er selber empfand das Ganze manchmal als lächerlich. Was passiert mit einem Löwen, wenn er plötzlich gegen sich selber den Verdacht aufkommen fühlt, daß er ein Schwätzer ist? Man konnte nicht sagen, daß er in sich ging. Aber je stärker offenbar der Verdacht in seinem Bewußtsein Raum fand, daß er tatsächlich nur eine Rolle gespielt hat, umso mehr schrumpelte das, was er als sein Selbst empfand, in sich zusammen, so daß die Haut seiner Löwenrolle locker wurde und ihm vorkam wie ein zu lange getragener und zu weit gewordener Mantel. Sollte er ihn weiter tragen?

Wie die Oberfläche eines Flusses, etwa der Main, Würzburg flußabwärts, über Jahrzehnte seinem Gedächtnis eingeprägt. Flach, glatt, spiegelnd trudelnd zwischen flachen Ufern voller Weiden, Pappeln und Erlen, von aufzitternden Riffelungen überzogen, windunbewegt, aus der eigenen strömenden, aber nicht ungebärdigen Fortbewegung gespeist, alles andere als majestätisch, manchmal an nähertretenden sanften Hügelkuppen vorbei, eine flache, dunkle Fähre, die die spiegelnde Oberfläche quert, ein Ruderer, blau, rot aufleuchtende Bojen, braun und düster zusammengedrängte Häusergruppen mit gurkenförmigen Kirchtürmen, hin und zurück fliehend am Ufer eine Straße und eine Eisenbahnlinie, lange schwarze, sargähnliche Kähne, sanftes Frühjahrslicht, leuchtendes Sommerblau, dunkel silberner Herbstschein, das Wasser spiegelnd eine rotpullovrige Ruderin mit flacher Brust und glatter dunkler Haarkappe, die Spinnenarme der Riemen langsam durchs klare Wasser ziehend, fast wie das Abbild der Seele, die, über unbefragtem Grund, sich ihrer selbst nicht bewußt ist.

Er empfand plötzlich seiner Frau und seinen drei Töchtern gegenüber, die groß, vollbusig, mit säulenförmigen Waden, lebhaft, gesellig, sozial tätig, energisch das Leben durchquerten und von denen der Löwe manchmal in Bildern und Namen der germanischen Heldensage zu denken pflegte, ein schlechtes Gewissen, als ob er ihnen in seinem tätigen Leben nicht nahe genug gestanden hat, sie vernachlässigt hat. Wenn er gelegentlich davon zu reden anfing, merkte er, daß sie nicht verstanden, wovon er sprach. Er hatte nicht ohne Förmlichkeit leben können, und seine Frauen gingen eigentlich ganz in Förmlichkeit auf. Er wurde die Etikette leid. Er verstand nicht, warum er mitmachte. Er hatte Bonmots gehegt wie: Nackte sind niemals schön. Das heißt, er hatte an Schönheit nicht in Begriffen der Natur, sondern des Anzugs, der kulturellen Vermittlung, in Regeln, Gesetzen, Übereinkünften, Konventionen, Anständen gedacht. Sein Geschmack ist klassizistisch gewesen. Der unvermittelte Durchbruch von Natur, sei es als ungehemmter Wildwuchs, sei es als Meeresbrandung, weibliche Behaarung oder als strammer Backfischhintern, ist ihm häßlich erschienen. Er war jetzt irritiert.

Irgendwo war ein Riß entstanden. Sichtbar erst, als der Riß sich verbreiterte. Eine Art Durchblick. Worauf? War etwas zu erkennen? Es war nichts zu erkennen. Unterbewußtsein? Was war das Unterbewußtsein des Löwen? Das, was ihm, wie Freud gelehrt hat, nicht bewußt war? Oder eine Art Keller, vom Tagesleben getrennt durch eine solide Decke, wie das Untergeschoß von der Wohnstube? Gab es Türen? Falltüren? Hinabgestiegen, die Falltüre zugeklappt? Oder aber wie ein unregelmäßig gebautes Massiv, Höhen, Tiefen, Täler mit Blumenwiesen, düstere Wälder, steile Abhänge, kahle Kuppen und darunter, unterhalb, ein Gewirr von Höhlen und Tunneln, lichtlos, wer durch Zufall in einen der Einstiege gerät, verloren, unübersehbar, mit engen gewundenen Gängen und weiten plötzlich aufdämmernden Hallen? Risse, Ritzen, Aufgänge, verfallene Spalten, durch die von unten aufsteigt: Fremdes, Befremdendes, Entfremdetes, Vergessenes, Weggestopftes, Abgesunkenes, Eingesintertes, Verstecktes, Weggeworfenes, Vergrabenes, Zauber, Verzaubertes, Verzauberndes, Verhextes, Schreckliches, Verborgenes, Lichtscheues, Überwältigendes? Manchmal, wie mit einem alles verändernden Schlag, Schlagwetter, Einschlag, Blitzschlag, Schlagfluß, Durchschlag, das ganze Massiv wie illuminiert, durchleuchtet, erhellt? Wie in einem Augenblick der Wahrheit das weit verzweigte Geflecht der Tunnel, Gänge, Höhlen und Säle durchschaubar als die Struktur, die alles trägt, ja das Äußere nichts als dessen oberflächlichste Form? Die schwere, massive, schwarz gebeizte Tischplatte, an der Generationen von Sitzenden gewetzt haben, plötzlich

durchsichtig, und durch die durchsichtig gewordene Platte hindurch sichtbar die nackte und blutbeschmierte Leiche einer ermordeten Frau?
Auf dem Höhepunkt seiner, wie wir in Ermangelung einer zutreffenderen Ausdrucksweise sagen wollen, Macht hatte der Löwe einmal eine ausführliche und grundsätzliche Rede gehalten. Diese Rede war oft zitiert, interpretiert und benutzt worden. Er selber hatte sich darauf berufen. Sie bildete das Kernstück seiner Angriffe und seiner Verteidigungen. Aber nach Jahren der Nichtbenutzung erschien sie ihm plötzlich wie das bloße Schaltnetz einer technischen Apparatur, ein Gewirr von Drähten, Knöpfen, Lötstellen, eine Schemazeichnung, ein Funktionsplan, eine Abstraktion, aus der die Farbe der Wirklichkeit sich zurückgezogen hatte. Was übrig blieb, war ein einziger kleiner irritierender Satz: Auch der Schlag der Drossel ist schließlich ein soziales Faktum.
Diesen Satz hat er in jener Rede formuliert. Der zeitlichen Dauer der Rede nach markierte dieser Satz etwa die Mitte der Rede. Er hatte den Satz, wenn er sich recht erinnerte, aber das wußte er eben jetzt nicht genau, formuliert, weil er etwas Anschauliches gebraucht hatte. Warum hatte er dies Gefühl gehabt? Warum hatte er sich nicht einfach auf die Logik des Gedankengangs, deren er sich doch damals sicher gewesen war, verlassen? Drossel? Sagte er nicht normalerweise Amsel? Gab es einen Unterschied? Er wußte es nicht. König Drosselbart fiel ihm ein, ein Märchen. Ein Lied: im grünen Wald, wo einst die Drossel sang, wo im Gebüsch das muntre Rehlein sprang. Richtig? Wo Tann und Birken stehn am Waldessaum, verlebt ich meiner Jugend schönsten Traum. Eine andere Zeile: er nahm die Büchse, schlug sie an ein' Baum, das war des Rehleins letzter Lebenstraum. Ein anderes Lied, als ob es dazugehört: ich schieß den Hirsch im wilden Forst, im tiefen Tann das Reh, Lücke, kein Ort, der Schutz gewähren kann, wo

meine Büchse zielt, und dennoch hab ich harter Mann die Liebe auch gefühlt.

Plötzlich ein Bild, das er vergessen hatte. Als er zehn gewesen war, hatte seine Mutter einmal Besuch bekommen, bei dem ein Mädchen gewesen war, dünn und klein und etwas jünger als er. Mit diesem Mädchen muß er gespielt haben. Was er sah, war eine Szene, in der sie unter ihm lag und er ihr wehtat, bis sie schrie. Plötzlich, nach all den vergangenen Jahren, spürte er wieder die unbeschreibliche Lust, die ihn durchfuhr, als sie schrie, plötzlich erkannte er, wie er damals erfahren hatte, daß Gewaltanwendung einem Wehrlosen gegenüber zu einer Lust führt, die durchdringender ist, durchbohrender, durchschießender, wegspülender als alles andere. Fühlte er wieder diese Mischung aus Gewaltantun, Wehtun und Scham, die trotz allem und auch jetzt wieder, ihn ganz erfüllte? Der Schlag der Drossel, das wußte er plötzlich, ist kein soziales Faktum.

Zum Interesse, das der Löwe an Musik nahm, gehörten zwei Dinge: er besaß ein außerordentlich präsentes Gedächtnis für Kompositionen, was er einmal gehört hatte, vermochte er jederzeit wieder zu erkennen und unterzubringen, hatte jedoch nie sehr danach gestrebt, mit Komponisten zu verkehren, sie waren ihm lästig. Umso stärker war allerdings der Drang gewesen, sich mit Interpreten, berühmten wie unberühmten, Routiniers wie Debütanten, zu umgeben, sie zu befragen, ihnen zuzuhören, sie zu unterhalten. Unter denen, um die er sich in den letzten Monaten seiner Amtszeit besonders gekümmert hatte, war eine junge japanische Geigerin. Er hatte sie wiedergetroffen und Konzerte besucht, in denen sie mitwirkte. Wie in einem Traum hat sich nun das Bild der Japanerin mit der Erinnerung an das dünne Mädchen seiner Kindheit vermischt.

Der Riß, der in seinem Inneren entstanden ist, wurde

deutlicher erkennbar. Er überraschte sich dabei, daß er gewisse Grübeleien, die er früher mit tätiger Arbeit zugedeckt hätte, ernster nahm als den Restschwanz von Terminen, den er hinter sich her zog. Er versuchte in den Riß, oder was immer es war, das nun breiter, tiefer und dunkler zu werden schien, hineinzublicken. Sah er etwas? Was sah er? Andeutungen? Helligkeiten, die ein Muster erkennbar machten? Ahnungen wie von Bildern von Dante Gabriel Rossetti, Max Klinger, Otto Modersohn, Heinrich Vogeler, Odilon Redon, Maler, für die er, wie er sich jetzt erinnert, in seiner Schulzeit geschwärmt hatte? Geschwärmt? Das war nicht das richtige Wort. Er hatte nicht geschwärmt. Er ist diesen Bildern verfallen gewesen. Sie entführten ihn in Gegenden, von denen man nicht sprechen konnte. Wie das Märchen von der Prinzessin mit den Entenfüßen. Was hat ihn zu der unendlichen Liebe zu dieser Prinzessin mit den Entenfüßen bewegt? Warum hat er sie vergessen?

Natürlich kannte ich den Löwen, nicht nur vom Sehen, er hatte mich ein paar Mal auf Tagungen freundlich als einen jüngeren Kollegen begrüßt, Musik verband uns, und so war es nicht ungewöhnlich, daß ich ihn, wenn ich ihn traf, begrüßte. Er erinnerte mein Gesicht. Wir fuhren im gleichen Intercity-Zug. Er zeigte mir, als ich im Gang an ihm vorbei ging, eine merkwürdige Färbung der Landschaft zwischen Uelzen und Lüneburg. Aber er war zugleich weit weg abwesend. Versonnen? Als wir im Hauptbahnhof ausstiegen, strebte er schnell vom Zug weg zur Haupthalle. Umso überraschter war ich, als ich die Treppe hinauf und an den Schalterhäuschen vorbei zum Taxistand ging, ihn mitten in der Halle stehen zu sehen, wie von einem merkwürdigen Licht der Abendsonne beleuchtet, aufrecht und starr, in seinen Armen die junge japanische Geigerin. Ihr Kopf lag an seiner Schulter, sie zitterte am ganzen Körper, und er strich unablässig wie beruhigend mit beiden Händen über ihre Schultern.

Ich kannte auch, kenne eine der Töchter des Löwen. Ich habe keine Fragen gestellt. Es ging mich nichts an, rührte mich allenfalls. Aber sie erzählte mir, als wir uns einmal bei gemeinsamen Freunden trafen, von der Japanerin. Sie fand ihren Vater albern und lächerlich in seiner Vorliebe für diese entsetzlich dürre Asiatin mit dem Katzenkopf, den eine zentimeterbreite Narbe auf einer der Backen noch häßlicher machte. Sie war, nach Ansicht der Löwentochter, eine Opiumraucherin, die ihre Übungen vernachlässigte und davon träumte, eine Musik zu spielen, die es nicht geben konnte, nicht geben durfte. Die Tochter vermutete, daß die Japanerin den beschäftigungslosen Pensionär, der sich nicht scheute, seine überflüssige Zeit in zweifelhafter Gesellschaft totzuschlagen, in ein getarntes Kelleretablissement in einer Straße, die Durchschnitt heißt, verschleppte, genannt Yesterdays, soetwas wie eine Opiumhöhle aus einem Roman von Dickens oder wie die Hinterzimmer in den Irrgärten von Wohnungen bei Dostojewski. War es denn so? Konnte es nicht einfach so sein, daß der Löwe nun Szenen und Bilder sah, die er nicht für möglich gehalten hat? Daß der Riß, der sich in ihm aufgetan hat, sich nun weitete zu einem Spalt in der heilen alltäglichen Welt? Nicht deren gewohntes und unverändertes Bild nahm er ja mehr wahr, sondern etwas anderes, das darin drinsteckte und das es erst zu entdecken galt?

Ich stelle mir vor, daß das Verhältnis von außen und innen sich umkehrte. Er lebte dort, innen, und kehrte nur auf Abruf in die bekannte, leere, kalte, geschäftige, geschäftstüchtige Welt zurück. Zu ihm, der seit langem aufgehört hat, sich darüber zu beunruhigen, kamen ungewohnte Regungen und Reaktionen zurück. Er wollte es sehen. Er fühlte manchmal, wie etwas zögernd durch ihn hindurchsickerte. Bewegungen eines vergessenen Körperteils. Erektionen, die zu nichts führten. Die Wiederherstellung der Einheit zwischen dem Körper und seinem Verlangen, die

verloren gegangen war? Bilder. Phantasien. Jedes Mal ein Stück mehr zu sehen. Er erkannte. Er sah ein. Er verstand. Er verstand es von Mal zu Mal besser. Was er sah, geschah manchmal im Fleisch, manchmal in der Form von Puppenspielen, manchmal als Film, manchmal in einer Art von Wachtraum.
Ich stelle mir vor, wie er da saß und sie betrachtete. Klein, schlank, wie knochenlos, nackt, die Beine gespreizt, ein Busch schwarzer Haare. Er betrachtete ihre Anatomie. Keine Härten an ihrem Körper, alles abgerundet, glatt. Nur die Narben des Mundes und der Scheide und die dunklen Warzen auf der flachen Brust. Er betrachtete, was ihm ein Leben lang zu betrachten verboten gewesen war. Was er selber, in der Hörigkeit an die Rolle, die er zu spielen hatte, die Rolle des Löwen, meinetwegen, obwohl das vielleicht doch allzu abgekürzt ist, sich zu betrachten untersagt hatte. Die Verweigerung war aufgehoben. Er erkannte. Er berührte, drang ein. Es überwältigt ihn. Sie aber rührt sich nicht?
Ich stelle mir vor, wie ein Schatten über ihn hin fiel. Eine hochhüftige, hängeärschige, hängebusige Frau, eine Römerin, so möchte ich jetzt einmal abkürzend sagen, beugt sich an ihm vorbei über die Liegende, küßt sie, nimmt sie in ihre Arme, hebt sie auf und trägt sie weg. Ich stelle mir vor, daß er in diesem Moment keinen anderen Wunsch hat als den, sich in diese lesbische Römerin zu verwandeln.
Gehe ich zu weit? Bin ich nicht, in gewisser Weise, während dieser ganzen Erzählung zu weit gegangen? Ich bin ja einer Vorstellung und, wenn man will, einer Phantasie eher gefolgt als Ereignissen. Es kommt auch, so müßte ich jetzt sagen, weniger auf das an, was ich weiß oder was ich, als gewußt, glaubwürdig machen zu können meine, als auf das, was ich vermute, ahne, ja erfinde. Die Japanerin verschwand, obwohl sich einige sehr bemühten, sie aufzufinden und zurückzuholen, eines Tages, ohne eine Spur zu

hinterlassen, vollkommen. War es Zufall, daß auch der Löwe fast drei Wochen lang verschollen und, wie mir die Tochter des Löwen erzählte, die ich, ihrer pferdemäßigen Natur entgegen, nervös, fast hysterisch fand, in einer sehr merkwürdigen Aufmachung, in sehr merkwürdigem Zustand wieder aufgetaucht ist? Sie hatten ihn für einen unrasierten, ungewaschenen Bettler gehalten, als er an der Tür klingelte. Er trug Kleidung, die ihnen unbekannt gewesen war, und hatte in der einen Tasche seines Jacketts eine halbvolle Rotweinflasche stecken. -Er kicherte, sagte die Tochter, als sei das das Äußerste, das sie über den Zustand des Heimgekehrten äußern konnte: er kicherte. -

Ich habe eigentlich wenig Zweifel, scheue mich aber, hier weiter zu reden. Wozu? Er hat es am Ende gefunden, denke ich, wie schrecklich auch immer es gewesen sein mag. Ich bin nicht der Richter darüber, im Gegenteil. Ich gehöre auch nicht zu den Krimilesern, die nach einer Lösung des Falles verlangen. Ist es ein Fall? Ich sehe den nun sehr alten Löwen manchmal beim Einkauf, den seine Töchter, um ihn zu beschäftigen, ihm verordnet haben, auf dem Wochenmarkt unter der U-Bahn in der Isestraße. Er wirkt ganz normal. Gealtert, aber normal. Ich sehe ihn manchmal in nicht ganz schlimmen, aber auch nicht ganz einwandfreien Kneipen. Er ist ein bißchen auf den Suff gekommen. Warum nicht? Ich höre, daß er in einem uralten Innenkarree hinter der Annenstraße in St. Pauli eine Zuflucht gefunden hat. Ich höre, daß er verkommt.

Er muß mit dem Unterbewußtsein fertig werden, in das er ganz und gar hinein gestürzt ist. Und er kann nicht daraus auftauchen, heil, wie jener Löwe, den der Bildhauer August Gaul 1904, und das war eine andere Zeit, in Bronze gegossen hat und der nun, zur Freude der Heilen, die in der heilen Welt haben verharren können, am Glockengießerwall aufgestellt steht. Wobei ja der Löwe, rein als, wie wir abgekürzt hatten sagen wollen, Löwe genommen, nicht gefährlich geworden ist, sondern eher harmlos. Ich höre, daß sie ihn, in Anlehnung an einen schwarzen amerikanischen Jazzpianisten, mit dem er Ähnlichkeit haben soll, Willi den Löwen Schmidt nennen.

Tannhäusers Herbst

Von Tannhäuser, der sich in jungen Jahren im Berg der Göttin Venus aufgehalten hat, wird infolge der sprichwörtlichen Schönheit der Göttin angenommen, er sei ein schöner Mann gewesen. Das stimmt nicht. Er neigte früh zu Fettansatz und Haarausfall. Mit dreißig hatte er eine Glatze und wog den größeren Teil seines Lebens über zwei Zentner. Von Beruf war er Professor der Germanistik. Er sprach ein bäurisches Schwäbisch und trank Württemberger Rotwein. Die zahlreichen Damen, die seine Lebensbahn kreuzten, versetzte er, auch wenn er sie nur einmal, wie man sagt, bumste, ohne Ausnahme in bürgerlich respektable Positionen. Er heiratete sie, nach Scheidung, wenn er gerade schon verheiratet war, oder vermittelte sie an seriöse Ehemänner oder verschaffte ihnen einen wissenschaftlichen Grad. Seine Gefühle waren stürmisch, wenn auch bald erschöpft, er verliebte sich gewohnheitsmäßig und liebte das Fleisch, wie er einmal sagte, schneeweiß.
Dem ist eigentlich nichts hinzuzufügen.

Ottilie Wildermuths Herbst

Ottilie Wildermuth, eine beliebte Verfasserin populärer und erbaulicher Erzählungen, außerdem Redakteur im ersten deutschen Fernsehen, konnte bis zu ihrem fünfzigsten Geburtstag nicht dahinter kommen, ob sie eigentlich Lust oder Angst hatte, mit einem Mann ins Bett zu gehen. Eine mehrfach angefangene und mehrfach unterbrochene Analyse hatte nichts genützt. Kurz nach ihrem fünfzigsten Geburtstag traf sie den Eisernen Heinrich, der bekanntlich einmal im Dienst einer märchenhaften Persönlichkeit gestanden hatte, verliebte sich in ihn und ließ ihn bereits am ersten Abend zu sich ins Bett. Im Gegensatz zu seinem martialischen Namen hatte der Eiserne Heinrich ein niedliches kleines Schwänzchen, das nie ganz steif werden wollte. Ottilie hatte keine Angst davor. Es befriedigte sie ohne Ende.
Mehr ist dazu eigentlich nicht zu sagen.

Rentnerherbst

Ein achtundsechzigjähriger Rentner in der Stadt Leeds versuchte einmal eine siebzigjährige Witwe zu vergewaltigen und wurde deshalb vor Gericht gestellt. Als ihn der Richter auf die Lebensgefährlichkeit seiner Tat aufmerksam machte, da er doch infolge seines schwachen Herzens leicht einen Herzinfarkt hätte erleiden können, bereute er die Tat und gestand, er könne sich jetzt jenen schrecklichen Augenblick der Wollust auch nicht mehr erklären.
Dem ist eigentlich nichts hinzuzufügen.

Generalsherbst 1

Der amerikanische General Eisenhower hatte in seinen späten Jahren als General eine Geliebte, eine Engländerin, die, wie sie jetzt in ihren Memoiren erzählt, zweimal in die Verlegenheit kam, von dem General verführt zu werden. Der General hatte sich jedoch beide Male als impotent erwiesen, was mit seinem Alter und der mangelnden Übung zusammengehangen haben mag. Er selber führte es allerdings auf das schlechte Gewissen zurück, das er gegenüber seiner ihm angetrauten Ehefrau, Mamie, hatte. Um eine Klärung herbeizuführen, fuhr er in die USA zurück. Dort jedoch schaltete sich die Staatsraison ein und untersagte ihm jeden weiteren Verkehr mit der Engländerin. Zum Lohn dafür wurde er später zum Präsidenten der Vereinigten Staaten gewählt.
Mehr läßt sich eigentlich nicht dazu sagen.

Generalsherbst 2

Der General einer anderen Armee in einem anderen Krieg in einer anderen Zeit in einem anderen Land führte immer eine Gruppe von leichtlebigen Frauen mit sich, von denen er gern hatte, wenn sie nicht allzu jung und aus gutem Hause waren. Da es seinen ethischen Prinzipien widersprach, das selber zu tun, mußten diese vor jeder wichtigen militärischen Entscheidung ihn, bei geöffnetem Hosenbund, sonst der Dienstvorschrift entsprechend gekleidet, masturbieren. Es war eine Art Omen, an dem er, neben dem Vergnügen und der Gewohnheit, Erfolg und Nichterfolg abzulesen glaubte. Da er nicht mehr der jüngste war, dauerte die Veranstaltung manchmal ziemlich lange. Wenn der Erfolg eingetreten war, pflegte er auszurufen: immer noch ein Springbrunnen. Er erlitt bei einer solchen Operation einen Schlaganfall und starb während der Überführung ins Lazarett. Im folgenden Morgengrauen wurde die Schlacht, der Krieg, das Land und die Ehre verloren.
Mehr ist dazu eigentlich garnicht zu sagen.

Bürosexherbst 1

Ein Kollege von mir, gut, wie man sagt, verheiratet, ein vorbildlicher Vater, Antialkoholiker, Nichtraucher, korrekt gekleidet, gewissenhaft, fleißig, bescheiden, wollte einmal, merkwürdigerweise, dahinter kommen, was es mit dem Sex im Büro auf sich hat. Als es ihm, nicht ohne Mühe, aber auch ohne daß er etwas Sensationelles dabei fühlte, gelungen war, seine Sekretärin zu verführen, hatte er sie auch schon geschwängert. Die Sekretärin verlangte, daß er sich scheiden ließ und sie heiratete. Schweren Herzens und nicht ohne Schwierigkeiten mit seiner ersten Frau zu haben, tat er ihr den Willen. Es wurmte ihn jedoch, daß er nicht dahinter gekommen war, und er versuchte es noch einmal. Nach dem dreizehnten Versuch, er war inzwischen Vater von fünfundzwanzig Kindern geworden und stand kurz vor der Pensionierung, brannte er mit einem älteren Ballettänzer durch.
Mehr kann ich dazu eigentlich nicht sagen.

Bürosexherbst 2

Ein anderer Kollege von mir, ebenfalls gut, wie man sagt, verheiratet, vorbildlicher Vater, Antialkoholiker, Nichtraucher, korrekt gekleidet, gewissenhaft, fleißig, bescheiden usw., wurde, obwohl er sich keineswegs für Sex im Büro interessierte, unfreiwillig Opfer dieser Erscheinung. Kaum nämlich nahte er sich einer Sekretärin, einer Kollegin oder einer Vorgesetzten, so fing diese an, ihn schmachtend oder anzüglich anzulächeln, die Bluse aufzuknöpfen, den Rock hochzuschieben, gar mit hochgeschlagenem Rock in Unterhosen verschiedener Schnittart dazusitzen oder ihn mit offenem Reißverschluß und frei herausbaumelndem Busen in eine Ecke zu drängeln. Er wußte nicht, daß sie eine Art Wette abgeschlossen hatten. Da sich jedoch kein Erfolg einstellte, wurden sie immer aggressiver, bis einige sich, kaum trat er durch die Tür, blitzschnell auszogen. Er verlor zuletzt die Lust selbst am Sex zu Haus, das heißt, an Frau, Kindern und Familie, und ging, was heute doch recht selten vorkommt, in ein Kloster.
Mehr ist dazu eigentlich nicht zu sagen.

Psychoanalytikerherbst

Eine Psychoanalytikerin und ein Psychoanalytiker analysierten einander einmal so gründlich und so lange, daß sie am Ende einander vollkommen durchschauten. Aber als sie einander vollkommen durchschaut hatten, verloren sie jedes Interesse an dem, was sie durchschaut hatten.
Mehr ist dazu eigentlich nicht zu sagen.

Die Spur des Berichts
Eine Art Märchen

Im Zubringerbus gerät er in eine Gruppe halbbetrunkener Eingeborener, die sich über seinen Kopf hinweg in laut gegröhlten Dialektkürzeln miteinander verständigen. Wobei offenbar, nach dem immer wieder aufbellenden Gelächter zu urteilen, das die massigen Kinnpartien, die für diese Eingeborenen charakteristisch sind, polsterartig aufschwellen läßt, das Einverständnis eines groben, rückständigen Humors die Grundschicht zu bilden scheint. Das lachende Gebell verdichtet sich manchmal zu pausenlosem Jaulen und wird dadurch wütend gesteigert, daß er überhaupt nicht reagiert. Er ist unendlich deprimiert. Die vorbeitreibende sonnige Hügellandschaft, durch die er sich hindurchbewegt, erscheint ihm wie eine Abfolge von Bildern, die keinen Zusammenhang mehr miteinander haben. Er könnte die brüllenden Eingeborenen allesamt, auf der Stelle, ohne Gewissensbisse oder Gemütsbewegung, umbringen, der Gedanke daran erfüllt ihn mit einer Art Befriedigung. Endlich, denkt er träumerisch, erledigt, abgehakt, weg. Seine Depression rührt eigentlich daher, daß er, undeutlich, aber unter dem Eindruck eines starken Drucks, das Potential des Faschismus wachsen fühlt. Auch in sich selbst.

Unruhiger Flug. Die Maschine bockt, wie ein Gegenstand, der mit Gewalt durch ein widerstrebendes Element hindurchgetrieben wird. Der ganze Zustand des Lebens erscheint ihm wie dieses eilige sinnlose Vorwärtsdrängen durch etwas Widerstrebendes hindurch. Bewegung erkennbar allein an den flüchtig über die Tragflächen hinwegwischenden Wolkenschatten. Angst nicht vor etwas, sondern als eine allgegenwärtige Gewalt, die gegen den Willen des Körpers in den Körper eindringt und ihn allmählich auffüllt. Einen Körper, der einem noch nicht genügend einge-

übten Verhaltensmuster gegenüber, zitternd, seine normalen Reaktionen geltend macht. Er geht während des Flugs aufs Klo. Das Rütteln des Bodens, auf dem er steht, während er schifft, erfüllt ihn mit einem überraschenden Lustgefühl.
Im Hotel ist ein Doppelbett mit einem Mittelstreifenlaken für einen Schläfer bezogen. Der Schrank ist zur Hälfte mit fremder Herrenwäsche gefüllt, alles weiß, auch die Socken, Wollsocken und Seidensocken. Die Dusche im Duschraum, in den man einen tiefen Schritt wie in eine eingebaute Badewanne hinabtreten muß, spritzt nur zur Wand, so daß er später, als er sich duschen will, das an der Wand herabströmende Wasser benutzen muß. Das Waschbecken befindet sich in Brusthöhe. Klo und Bad sind nur über den Flur erreichbar. Die Wände sind von Kacheln bedeckt, auf denen eine stilisierte Margerite und eine stilisierte Libelle zu sehen sind. Auf der Badewanne liegt ein Brett, das mit eingerissenem braunem Plastikstoff umwickelt ist. Auf dem Brett lehnt ein Pappschild mit der handgeschriebenen Aufschrift: Bad nicht benutzbar. Das Bad hat eine Lüftungsklappe, die durch eine etwa zwei Meter lange, mehrfach rechtwinklig geknickte Stangenkonstruktion zu öffnen ist. Auch hier befindet sich das Waschbecken in Brusthöhe. Aus Rache schifft er in den Duschraum.
Er bewegt sich abends durch weite flache Räume. In einer Menge, die er nicht in ihren Einzelheiten, so wie sie sind, sondern als ein wechselhaftes, sich ununterbrochen zusammenziehendes und wieder ausdehnendes molluskenhaft atmendes Ganzes wahrnimmt. Stimmen und Geräusche gehen durch ihn hindurch wie durch ein Gitter, was hängen bleibt, setzt sich ab wie eine Staubschicht, von der immer nur die sich erneuernde Außenhaut erkennbar bleibt, von immer dem gleichen ermüdenden und deprimierenden Grauton. Er begegnet dort noch einmal der Prinzessin von Cleve, Anna, der Prinzessin mit den Entenfüßen, die er

einst so heiß geliebt hat. Sie war ihm lange verlorengegangen in das Geschäft des Handwerks ihres Lebens. Er redet vorsichtig, wie auf Zehenspitzen mit ihr. Aber sie ist ernst und dunkel und unbewegt. Ihre Gegenwart nimmt ihn aus, sodaß er sich von der Menge entfernt. In der Nacht bringt er sie nach Haus, und sie küssen sich, wie sie es früher getan haben. Er legt seine Stirn an ihren Hals. Dann blickt er sie an. Ihr Gesicht ist eine Maske, plötzlich unendlich bewegt.
Als er im Hotel ist, klingelt das Telefon, und ihre Stimme sagt: Wir haben uns nicht verabredet.- Als er auflegt, dringt ein ihm unbekannter Sachse, gefolgt von einer lauten Frau, ins Zimmer ein und entleert den Schrank von der darin gestapelten weißen Herrenwäsche. Dabei weist der Sachse immer wieder auf das nur in der Mitte bezogene Doppelbett und äußert klagend, daß er nun mit seiner Frau in einem ganz schmalen Bett liegen muß. Das Bier, das er aus dem Eisschrank holt, der neben dem Doppelbett steht, das nur in der Mitte bezogen ist, ist schiffwarm. Aus Rache schifft er in den Duschraum.
Morgens onaniert er aus Verzweiflung vor dem Schrankspiegel, den er dabei immer wieder mit dem Knie zurückstoßen muß, damit er sich zuschauen kann. Später soll er sagen, was los ist. Er sagt, was los ist. Aber sie sind nicht damit einverstanden, weil es nicht das ist, wovon sie sagen, was los ist. Darauf imitiert er, was schon vor ihm gesagt worden ist. Er bezeichnet sich selbst als einen nur unzureichenden Ersatz. Er ist ein unzureichender Ersatz. Er ist überzeugt davon, daß er ein nur unzureichender Ersatz ist. Eigentlich ist es ihm völlig gleichgültig. Er findet plötzlich, daß das eine der Freuden des Alterns ist. Daß es ihm völlig gleichgültig ist. Er redet, wieder später, darüber. Aber es glaubt ihm keiner. Sie nehmen alle nur immer an, daß er etwas verbergen will, aber sie wissen nicht, wie raffiniert seine Taktik ist. Sie wissen aber, daß es Taktik ist.
Er besucht auch seinen Sohn, und die Höhle, in der dieser

sich flüchtig eingerichtet hat, vermischt sich mit der Erinnerung an die Höhle seiner eigenen Vergangenheit. Während er auf einen blühenden Kastanienbaum blickt, der sich vor dem Fenster ausbreitet, bewegt ihn die Erinnerung, und er sinkt tief darin ein. Das zerbrechende Pflaster und die zerfallenden Häuserwände von einst starren ihm ins Gesicht, als wäre er ihnen etwas schuldig, aber in Wahrheit sind sie vollkommen blind und sehen ihn nicht. Eine sich fernhin bläulich öffnende Straßenperspektive erinnert ihn plötzlich, aber er weiß nicht, an was.

In der U-Bahn ist er umringt von feistbackigen alt gewordenen SA-Männern, die ihn unter cremefarbenen Huträndern mit wimpernlosen rotgeäderten Augen böse und vorwurfsvoll anstarren. Er könnte sie allesamt auf der Stelle umbringen. Aber traurig. Denn er fühlt sich plötzlich für sie verantwortlich, als ob sie auch seine Väter wären. Und wenn es nur die Erinnerung ist an die gemeinsam verlebte Zeit voll der gleichen schlimmen Dinge, denkt er. Oder vielleicht die Tatsache, daß die ja auch jung waren, als schlimme Dinge passierten oder sie sich dazu hergegeben haben, schlimme Dinge zu tun.

Mit der traurigen Prinzessin von Cleve geht er am Morgen spazieren. Sie gehen spazieren in einem Park, der ganz und gar von Sonne erfüllt ist. Es fallen ihm Spaziergänge ein, die er früher mit ihr gemacht hat, und es wundert ihn, daß er sie hat so sehr vergessen können. Sie reden rasch und freundlich miteinander. Allerlei erfüllt ihn. An den Rändern des Parks stauen sich Menschenmengen. Autos laufen auf, blitzende Uniformen, Lärm, Gelächter, stürmische Begegnungen, aufbrandende Musik, weither, eine große Brise vom Meer. Sie kommen zu dem Schloß, das man nicht betreten darf. Lange gehen sie stumm die Terrasse auf knirschendem Kies auf und ab. Fern aufflatternde Marschmusik vermischt sich mit dem Zwitschern von Vögeln und dem Schlagen einer Kirchturmuhr.

Diesmal enthält er sich der Stimme. Was niemand versteht. Er weiß nicht, warum. Er macht ja mit. Das einzige, was sie ihm vorwerfen können, ist, daß er allzu rasch vergessen hat. Es ist ihm ja kein Anliegen. Er macht eher mit, um ihnen einen Gefallen zu tun. Um sich freundlich zu stellen, damit sie ihn in Ruhe lassen. Eigentlich, denkt er, ist es schon schlimm, daß ich so schnell vergesse, bei was ich mitgemacht habe.

Abends verabreden sie sich zu dritt. Aber als sie sich an den Ort der Verabredung begeben, sind sie zu viert. Sie sollen in Wirklichkeit zu siebt sein. Dazu müssen sie einen zurücklassen. Der Zurückbleibende hat einen Wein, der ihm gebracht wird, bevor er ihn noch bestellt hat. Zu siebt essen und trinken sie, tauschen sie Essen, Getränke und Reden miteinander aus. Schließlich Brüderschaften. Bis es Zeit wird. Er ist nicht länger mit der Prinzessin von Cleve allein, sondern eingelassen in vielfältige Verknüpfungen, Fäden, die hin und her laufen, einander überkreuzen, sich ineinander verknoten und manchmal ein unauflösbares Knäuel bilden. Sie sind zu siebt betrunken und brechen auf.

Sie sind zu fünft und zu zweit. Zu zweit gehen sie weg. Einer davon kehrt zurück. Nun sind sie zu sechst. Vier bleiben zurück. Da kommt der Zurückgelassene zurück. Nun sind sie zu fünft. Weg drei macht zwei. Sie reden über Probleme, Vergangenheiten, Gemeinsamkeiten, solche, die sie aussprechen und solche, die sie nicht aussprechen können, vor allem diese, es ist nicht einfach, aber sie kommen durch, vom Alkohol beschwingt. Flüchtig treten die Dichter Eisendle und Schnell an den Tisch. Sie sind betrunken, milde gestimmt und traurig. Die Nacht ist kalt. Die Abreise der Prinzessin, angekündigt und ohne Gemütsbewegung aufgenommen, trifft ihn plötzlich wie der Tod einer Geliebten. So sehr schmerzt ihn der Gedanke, lange Zeit ihres Anblicks beraubt zu sein, da er doch die

Freude empfunden hat, sie von seiner Neigung berührt zu sehn.
Mittags bewegt er sich in weithin gegliederten flachen hellen Räumen zwischen Bekannten, die von allen Seiten auf ihn zuströmen, von überall her auftauchen, manchmal laut, mit Rufen, Händeschwenken, unter der Beteuerung des Wiedererkennens, manchmal im Laufschritt, begleitet zum Beispiel von der Königin von Saba, die er nicht wiedererkannt hat, manchmal lautlos, doch mit der Fähigkeit, einen Wirbel zu bilden, der dann immer weitere Bekannte und Bekannte von Bekannten anschwemmt. Das Wetter ist sonnig. Die Abwesenheit der Prinzessin mit den Entenfüßen ist ein sehr trauriges Märchen. In der Welt der Bilder bewegt er sich wie in einem Hohlraum, aus dem heraus gelegentliche Blicke zu werfen auf eine sehr fremde regennasse Landschaft ihm hin und wieder, und dann erschrocken, gelingt.
Rückwege, dämmrig, unbestimmt, ohne Ende. Kugelförmige Aufenthalte wie gläserne Briefbeschwerer aus Großmutters Zeit. Manchmal lichtdurchschossen. Manchmal schattig bunt. Manchmal trübe und stumpf. Wege, dunkel, nächtlich, feucht, unbestimmt, ohne Ende, in eine andere Richtung. Die Gewißheit, sich falsch zu verhalten. Die Gewißheit, sich niemals anders als falsch verhalten zu können. Die Beruhigung, daß, was falsch getan, getan, sich ins Richtige verwandelt. Zustimmung in das, was, alles übersteigend, einfach gewesen ist. Was gewesen ist, ist richtig.
Das Flugzeug fliegt in einer weiten Schleife über den Fluß ein. Das Wasser des Flusses durchsichtig mit Wellen und Tiefenfärbungen wie erstarrt. Dann kippt der Hafen mit dem Geäst von Verzweigungen herauf. Auf der anderen Seite eine weit weg weisende Perspektive, bis zum Meer. Ein klarer Nachmittagshimmel. Aufblendende Sonnenreflexe. Die Stadt ist eine Landkarte mit ganz flachem Relief.

Strahlende Tage, die kommen werden. Strahlende Tage und kühle Nächte mit frühem Vogellärm. Nächte, in denen der große Schauspieler, die Ärmel des englisch gestreiften Hemds hochgerollt über die kräftigen, kräftig behaarten Unterarme, vergeblich bemüht ist, sich selber darzustellen, oder nur sojemanden wie sich selber. Er will ja nicht sich darstellen, er will ja er selbst, er will ja mit sich identisch sein. Vergeblich, weil er nur an die Rollen gewöhnt ist. Jede Annäherung rückt ihn sich ferner. Es nützt nichts, die Ärmel des englisch gestreiften Hemds wieder hinabzurollen, die Jacke aus oder wieder anzuziehen, verzerrten Gesichts, als ob die Anstrengung groß, zu groß ist. Sie wird niemals groß genug sein, um den Unterschied einzuholen. Es nützt nichts, den Kniefall zu tun, den berühmten und im Grunde lächerlichen, die Arme emporzustrecken wie ein Verzweifelnder. Die ausgestreckten Arme überbrücken den Abstand nicht. Die ausgestreckten Arme überbrücken keinen Abstand und keinen Abgrund. Die ausgestreckten Arme überbrücken niemals irgendeinen Abstand oder irgendeinen Abgrund. Die ausgestreckten Arme werden niemals irgendetwas überbrücken oder erreichen.
Es gehen ihm merkwürdige Erinnerungen durch den Kopf, während er dem Gutenachtohrwurm zuhört. Er sieht sich selbst auf Radfahrten über sonnen- und schattengestreifte Straßen im Sommer zwischen Hügeln, die mit violett blühender Heide und schwarzen Wachholderbüschen bedeckt sind, und Tannenwäldern und Birkenketten. Die Erinnerung hat jetzt einen eigentümlichen Geruch und Geschmack angenommen. Geruch und Geschmack, die im Körper drin sind, im Körper drin angefangen haben, sich in ihm ausbreiten und alles überfluten und überwältigen, was zur gegenwärtigen Existenz dieses Körpers gezählt wird. Dieser gegenwärtigen Existenz des Körpers widersprechen. Ihn entkörpern in eine sehr ferne Ferne, in eine Bodenschicht der Vergangenheit, die aber nun näher, inniger ist

als das Lampenlicht des Zimmers, in dem er sitzt und dies aufschreibt. Keine bestimmbare Gegend und kein bestimmbarer Ort. Nichts, das dokumentierbar ist. Aber konkret. Farb- geruch- wind- erinnerungs- sonnendurchtränkt. Das Gewesene, unwiderruflich und unrekapitulierbar, erscheint als der eigentliche Gewinn.
-Um ewige Worte zu bilden, sagt die Prinzessin zu mir im Traum: dürfen wir unsere Gefühle nicht fühlen, sondern müssen sie betrachten. Fühlen trübt den Geist wie Atem den Spiegel. Um etwas klar darin sehen zu können, etwas, dich oder mich, lerne den Atem anhalten, wie ein Toter lernt, anderes und andere zu sehen. Unsere Rede sei der Spiegel, in dem sich die Unruhe unserer Seelen bricht. Er ist die kristallene Grenze unserer Empfindungen. -Who made it rain last night, antworte ich: your hands on me have lightened everything. Here I am. You are there.-

Herbst der Liebe

Ein sonst unauffälliger Mann, ein Liebhaber der schönen Künste mit muschelförmigen Ohren und seitwärts geöffneten Nasenlöchern, verliebte sich, als er schon nicht mehr ganz jung war, einmal so heftig und intensiv, daß er, infolge der Heftigkeit und Intensität seiner Gefühle, den Gegenstand seiner Verliebtheit völlig vergaß.
Mehr ist dazu eigentlich nicht zu sagen.

Damenherbst

Zwei junge Mädchen hielten sich, statt sich in Männer zu verlieben oder Familien zu gründen, aneinander, genügten einander und lebten miteinander. Und es bestünde die Versuchung, wie im Märchen zu sagen: wenn sie nicht gestorben sind, so leben sie heute noch. Aber eines Tages, als die nun nicht mehr jungen Mädchen bereits alte Damen waren, auf einem Urlaub, wie sie ihn jedes Jahr unternahmen, an einem Urlaubsort, den sie jedes Jahr aufsuchten, auf einem Spaziergang, den sie jeden Abend an diesem Urlaubsort machten, die Sonne war kurz vorm Untergehn, der Himmel verfärbte sich brandrot und die Häuserdächer mit den Fernsehantennen, die es auch hier gab, hoben sich schwarz davon ab, ist die eine der alten Damen mitten auf diesem Spaziergang plötzlich stehengeblieben und hat gesagt: Jetzt hab ich genug.- Sie hat sich umgedreht, ist weggegangen, abgefahren und nie wiedergekommen.
Mehr kann ich dazu eigentlich nicht sagen.

Eheherbst 1

Ein Zaunkönig heiratete einmal eine Butterblume. Die Kinder, die sie miteinander zeugten, sind gut geraten und haben Erfolg im Leben.

Mehr läßt sich dazu eigentlich garnicht sagen.

Eheherbst 2

Eine Reitlehrerin heiratete einmal einen Bühnenbildner. Mehr ist dazu eigentlich nicht zu sagen.

Vaterherbst

Ein in die Jahre gekommener Freischaffender aus der Fernsehbranche, hochgewachsen, weißhaarig, jung erhalten im Krieg mit Redakteuren, Produzenten, Schauspielern, Gläubigern, Assistenten, Fans und Maskenbildern, aufgerieben von mehreren Ehen, Unterhaltsansprüchen, hysterischen Anfällen, erblickte einmal, als er zu später Stunde eine Party aufsuchte, der er eigentlich hatte fernbleiben wollen, an der teilzunehmen ihn jedoch geschäftliche Rücksichten zwangen, einen hochgewachsenen, blondlockigen, lebhaft redenden jungen Mann, der ihm interessant und zugleich äußerst unsympathisch erschien. Als er sich ihm zögernd näherte, blickte dieser auf und sagte: Na Papa, was tust du denn hier? -
Mehr ist dazu eigentlich nicht zu sagen.

Monumentenherbst

Da war einmal ein Mann, der, spazierengehend, einen abgebrochenen Ast fand, ihn aufhob und, ein Bein vorstellend, wie ein Schwert schräg in die Luft streckte. Das Schattenbild, das er dabei warf, erinnerte ihn an das einer Statue. Er veränderte seine Stellung und probierte die verschiedenen Posen, in denen er sich eben jetzt ein Standbild vorzustellen vermochte. Er übte, so kann man sagen, als Schatten, den die hoch stehende Junisonne warf, noch einmal Grammatik und Syntax der Monumente durch, die sonst, auf realere Weise, längst ihren Sinn verloren hatten. Dem ist eigentlich nichts weiter hinzuzufügen.

Pfingstochsenherbst

Es stand einmal ein älterer, kräftiger, großer, schöner Pfingstochse mit einem Gänseblümchen zwischen den vollen, sinnlichen, feuchten, rosafarbenen Lippen mitten auf einer Wiese mitten in der Sonne und lächelte.
Mehr kann ich dazu eigentlich gar nicht sagen.

Franz-Ottokar Mürbekapsels Glück und ein Ende
Mit Verbesserung

Mürbekapsel nennt man bekanntlich ein Weißbrot, das, in einer Kastenform gebacken, von außen sehr kroß, innen aber besonders weich und locker ist. Franz-Ottokars Großvater väterlicherseits, der alte Bibliotheksrat Mürbekapsel, war so gewesen, rauhe Schale, eine stattliche Erscheinung, zarter Kern, feinfühlig, wenns aufs Gemüt kam, kurz angebunden und resch im öffentlichen Leben, privat nachgiebig, manchmal von luftiger Hohlheit. Franz-Ottokar der Enkel war eigentlich das Gegenteil davon. Von äußerer Erscheinung wie im öffentlichen Auftreten vage, unentschlossen, unentschieden, innen verstockt, uneinsichtig, verhärtet, hart wie ein, wenn das Bild erlaubt ist, vorjähriger Zwieback.

Seine Vornamen verdankte Franz-Ottokar einer schwärmerischen Laune seiner Mutter, die diese gefaßt hatte während ihrer ersten Schwangerschaft, die sie, von Natur und schon als junges Mädchen von weicher und schwellender Fleischlichkeit, besonders üppig erscheinen ließ. Etwa im vierten oder fünften Monat von Franz-Ottokars Werden war sie nämlich von einem gewissen Zweifel geplagt worden darüber, ob es denn richtig gewesen war, gerade diesem Mann, den sie geheiratet hatte weniger aus Zuneigung als aus Ratlosigkeit und weil ihr nichts mehr einfiel, das sie hätte vorbringen können, um seinem robust drängenden Werben auszuweichen, ein Kind zu schenken. Da fand sie zufällig in einer Anthologie, die sie beim Aufräumen in ihres Schwiegervaters Bibliothek entdeckt hatte, ein kleines Gedicht von Grillparzer, das so geht:

- Ein Ochs ging auf die Wiese,
Wo er nach Kräften fraß.
Da waren Blumen, Kräuter,

Es kümmert ihn nicht weiter:
Für ihn war alles Gras. -

Wie mit einem Schlag erkannte sie ihren Mann, den Leiter des Speditionsgeschäfts, das er von ihrem Vater übernommen hatte und das er mit Energie und Unternehmungslust leitete. -Es kümmert ihn nicht weiter: für ihn ist alles Gras, sagte sie still vor sich hin und empfand plötzlich die Zuneigung, die sie so lange vermißt hatte, zu diesem Ochsen von einem Mann. Sie sah ihn herumgehn und vor sich hin schnauben, den Kopf ein wenig gesenkt, breitschultrig und alle Widerstände überrennend: für ihn war alles Gras. In ihrer Dankbarkeit beschloß sie, das Kind, über dessen Geschlecht sie keine Zweifel hatte, nach dem Dichter zu nennen, der jene Verse gedichtet hatte. Den zweiten Namen verdankte Franz-Ottokar zum Teil einer eher vagen Assoziation, die sich an den ersten Namen anschloß und sich auf Grillparzers Theaterstück König Ottokars Glück und Ende bezog, zum Teil und zur Hauptsache aber dem Umstand, daß seine Mutter, die als junges Mädchen ein wenig Klavierspielen gelernt hatte, zu dieser Zeit das Perpetuum mobile des Wiener Komponisten Ottokar Novacek, 1866–1900, besonders schätzte. Die Stimmung der Mutter von Franz-Ottokar zu dieser Zeit und damit der Nährboden für sein eigenes eher zum Ausgleich neigendes Gemüt aber konnte am besten ausgedrückt werden durch einen anderen Vers Grillparzers, der ebenfalls in jener Anthologie stand, einen Vierzeiler, den der Dichter im Februar 1860 in das Stammbuch der Gräfin Enzenberg geschrieben hatte:

-Vier arme Saiten! – es klingt wie Scherz –
Für alle Wunder des Schalles!
Hat doch der Mensch nur ein einziges Herz
Und reicht doch hin für alles.-

Franz-Ottokars Vater in seiner prosaischen Art, für ihn war alles Gras, war etwas verwundert über die Namen, die seine Frau ausgesucht hatte, er sah darin fast so etwas wie ein Omen dafür, daß der Älteste nicht sein Erbe werden würde, was dann auch der Fall war, aber nicht zum Schaden des Geschäfts, denn Franz-Ottokars Bruder Axel entwikkelte sich zu dem effektiven Mitarbeiter, den der Vater sich vorgestellt hatte, aber am Ende rührte denn doch den stets geschäftigen Ochsen die freudig-elegische Stimmung seiner, wie er sie nannte, Butterblume; und so betrat Franz-Ottokar denn tatsächlich als Franz-Ottokar Mürbekapsel diese Welt.

Waren diese Namen eine Belastung oder eine Hypothek für den Heranwachsenden in den Engpässen des Dritten Reichs, in das seine Hauptschulzeit fiel, in den Kriegsjahren und danach? Er selber hatte eigentlich nie das Gefühl gehabt, daß er etwas einlösen müsse, es sei denn, er hat es jetzt zuletzt, auf dem, wie man sagen kann, Höhepunkt seiner Karriere gehabt, aber wenn er es gehabt hat, hat er es nie jemandem verraten, auch mir nicht, der ich ihn von Anbeginn an gekannt habe. Allerdings hing mit dem Namen ein gewisses Übergewicht der Mutter zusammen. Er blieb ihr Lieblingskind, demgegenüber der Bruder und die drei Schwestern, die nachfolgten, nicht so ins Gewicht fielen, kleine Ochsen und Öchslein, wie die Mutter fand, für die, wie für den Vater, alles Gras war. Infolge der wechselweisen Fixierung von Mutter und Sohn aber wurde Franz-Ottokar von klein auf zwischen die natürlich-physische Dominanz des Vaters und die eher gemütvolle der Mutter gestellt, und ich möchte eigentlich vermuten, daß diese kontradiktorische Interdependenz für die Ausbildung seines Charakters verantwortlich war. Eines Charakters, der dadurch gekennzeichnet war, daß er es jedem recht machen wollte. Wo andere Initiative zeigten, war er nur bestrebt, jedem zum Mund zu reden und, was erst eigentlich Schwierigkeiten machte, zum Mund zu tun. Die entscheidenden Wendungen in seinem Leben kamen dadurch

zustande, daß er es ganz entgegengesetzten Ansprüchen, Verwandten, Vorbildern, Freunden, Vorgesetzten, Kontrahenten, Kollegen recht zu machen versuchte.
Tantenscheu in den Rockschößen der Mutter versteckt im Vorschulalter, Mitläufer in der Grundschule, unbestimmt, wenn kein Anspruch an ihn gestellt wurde, aber reaktionsfreudig auf jede Anrede und zugleich gern, ja, wie es schien, lustvoll an Orten mit größeren und anonymen Menschenansammlungen. Eigentlich gutwillig in der Schule. Langsam lernend, aber fähig, es ins Kleingeld handlicher und einprägsamer Formulierungen zu verwandeln und es gut, ja geschickt an den Mann zu bringen. Nicht aufdringlich, aber im richtigen Moment den Finger hebend. Durch freundlich-schüchternes, schon früh ein wenig zuckendes Lächeln und den kurzen Aufblick seiner großen braunen schwimmenden Augen den Eindruck von Ernsthaftigkeit und Verläßlichkeit vermittelnd. Dem Vater nicht widersprechend, der Mutter zu Gefallen, keinem jedoch eigentlich Wünsche erfüllend. Der Vater hielt ihn zeitweise für einen Versager. Und er war eigentlich immer umso freudiger überrascht, wenn Franz-Ottokar Fortschritte machte. Wenn er mit guten Noten in der Schule versetzt wurde; wenn er Unterführer in der Marine-HJ, dem auch vom Vater bevorzugten, gesellschaftsfähigeren Nebenzweig der Hitlerjugend, wurde; wenn er einen Preis im Brustschwimmen gewann; wenn er mit einem Aufsatz über Führergestalten in der deutschen Literatur ein Sonderlob bekam; wenn er bei Abiturfeiern als Vorsänger fungierte; wenn er schon im Krieg leidlich vorwärts kam in einer Marineflakeinheit, die, zur Beruhigung seiner Mutter, nicht allzu gefährdet war usw. usw. Die Mutter, so würde ich sagen, betrachtete ihn in dieser ganzen Zeit wie eine Topfblume, für die sie das besaß, was man einen grünen Daumen nennt. Aber manchmal blickte sie ihm doch ein wenig nachdenklich nach, so, als ob sie zwar keine Zweifel

daran hatte, daß er gedeihen würde, sie aber vielleicht von dieser Topfpflanze Franz-Ottokar etwas farbenprächtigere Blüten erwartet hätte, nicht gar so fleischig konturlos und edelblaß.
Nach Rückkehr aus der Kriegsgefangenschaft, in die er 1945 geriet, begann Franz-Ottokar, der ein Kriegsabitur gemacht und sich, wie es schien, auch in englischer Gefangenschaft weitergebildet hatte, Theologie zu studieren. Das war insofern von Bedeutung, als offenbar für ihn, und darin stimmte er ja im großen und ganzen mit der wieder erwachenden politischen Öffentlichkeit in Westdeutschland überein, der christlich-theologische Geist ein Drittes darstellte zwischen den Alternativen des Faschismus und des Kommunismus. Keine Synthese in einer Dialektik von rechts und links, die er übrigens, wie ich in Gesprächen dieser Zeit mehrfach von ihm gehört habe, ablehnte, sondern die Plattform, auf der stehend es möglich war, auch extremen Ansprüchen zu Willen zu sein. Theologisch und christlich eingestellt zu sein, und zwar in einer durchaus modernen und aufgeklärten Form, bedeutete für Franz-Ottokar die, wenn ich das einmal so ausdrücken darf, Inkarnation des Allen-recht-Machens. Und wenn ich so kühn sein darf, ihn parallel zu setzen zur Bevölkerung der späteren Bundesrepublik, deren reines Produkt in gewisser Weise ja Franz-Ottokar war, so müßte ich sagen, man war und nannte sich christlich, weil man so, zumindest verbal, dem Faschismus abschwören konnte, ohne dabei dem Sozialismus zu verfallen.
Es wäre nun natürlich auch wieder falsch, und dieser falsche Eindruck kann natürlich, übrigens auch was die Bevölkerung der Bundesrepublik betrifft, entstehen, wenn man allzu rigoros bemüht ist, ein Grundprinzip herauszuarbeiten, Franz-Ottokar vollends aus einer fixierten, angenommenen und unflexiblen, Mittellage zu verstehen. Er besaß ja, bis zuletzt, ein enormes Anpassungsvermögen.

Wie kaum einer verstand er es, sich auf Sitzungen, Empfängen, Partys, in Lokalen und Clubs, auf Reisen und an Urlaubsorten harmonisch einzupassen. Den seit seinem ersten Schultag zu beobachtenden Hang zur Geselligkeit, sein offensichtliches Wohlbefinden in größeren Menschenansammlungen kann man interpretieren als ein fast existentielles Streben nach einer immer weiter fortschreitenden Aufspaltung von Gegensätzen. Dem unausweichlichen Drang des Rechtmachenwollens setzte er die progressive Division der Rechtmachensansprüche entgegen. Je mehr es waren, desto mehr hoben sich die Alternativen gegeneinander auf. Es vielen beweglich recht zu machen, war leichter, als es zwei diametral entgegengesetzten Forderungen gegenüber möglich gewesen wäre. Ja, so denke ich heute manchmal, es wäre ein Zustand denkbar gewesen, in dem die natürlich, individuell und sozial vorhandenen Widersprüche so weit herabdividiert wären, daß es zu einer Art Stillstand der Anforderungen hätte kommen können. Hier hätte sich das reine Glücksgefühl einstellen können, nach dem vielleicht Franz-Ottokar immer gestrebt hat.
Dies alles hängt auch zusammen, oder mit diesem allen hängt zusammen, und dieser Zusammenhang ist nicht eindeutig, sondern nur in der ganzen ihm innewohnenden Ambivalenz nachzuzeichnen, daß in dieser Phase vielleicht alles anders gekommen wäre, wenn nicht dieser Freund von Franz-Ottokar gewesen wäre. Schon der Entschluß, Theologie zu studieren, hing offenbar mit diesem zusammen. Es war ein Halbgrieche mit Namen Costas Kalliqueue, von merkwürdig melancholischer Schönheit, die nur manchmal, und dann umso überraschender und überwältigender, überstrahlt wurde durch ein Lächeln, das dem, auf den es gerichtet wurde, durch und durch ging. Auch mir, muß ich gestehen. Dabei blieben die Augen, deren fast immer geweitete Pupillen das Gegenüber ohne abzuweichen, fast starr, anblickten, ernst und traurig. Costas Kalli-

queue war das, was man einen fremden Vogel nennt. Er war schon früh bunt und locker gekleidet. Neues und Allerneuestes zogen ihn an. Ihr Studium weiteten sie in Richtung auf religiöse Mystik in den unterschiedlichsten Glaubensbekenntnissen und auf Sozialpädagogik aus, was beides damals neu war, aber offenbar ihrer geistlichen Toleranz entsprach, eher der von psychoanalytisch interessierten Wanderpredigern als der dogmatisch gesicherter zukünftiger Berufstheologen. Costas Kalliqueue neigte jedenfalls dem zu, was man damals die Blumenkinder nannte. Freizügigkeit im Gebrauch milderer Drogen und ein gewisser psychedelischer Glanz verschleierten sein ohnedies nicht offenes Wesen noch mehr. Das fiel sogar Franz-Ottokars Vater auf, der jetzt mit seinem Zweitgeborenen Axel und dem zukünftigen Schwiegersohn ein echt aufstrebendes Unternehmen leitete.

Es trat dann die überraschende Wendung ein, die den Lebenslauf von Franz-Ottokar Mürbekapsel endgültig bestimmte. Costas Kalliqueue gab das Studium auf und trat in eine Werbeagentur ein, die ein anderer Freund zusammen mit einigen Vorkriegsveteranen dieser Branche gegründet hatte. Costas zog Franz-Ottokar nach, nachdem dieser noch rasch eine Dissertation über Zusammenhänge zwischen religiöser Mystik und pädagogischen Konzepten geliefert und promoviert hatte. Das kam auch der Firma zugute, die überhaupt überraschend florierte, vielleicht dadurch, daß sie sich spezialisiert hatte auf eher ausgefallene Wünsche, daß sie Vorschläge machte, auf die bis dahin noch niemand gekommen war. Vielleicht hatten die Freunde auch einfach nur erkannt, daß es der Entwicklung der sechziger Jahre entsprach, wenn man theologische Grundeinstellung und psychedelischen Flitterglanz zu verbinden wußte mit durchkalkulierter Verkaufspsychologie.

Franz-Ottokar zeigte jedenfalls, und darin verblüffte er wieder einmal den skeptischen Vater, daß er der Aufgabe gewachsen war. Sowohl organisatorisch-formal wie auch inhaltlich. Organisatorisch führte er die Projektarbeit ein, in der fluktuierende Gruppen von Mitarbeitern sich jeweils nur einer Aufgabe widmeten. Er tat das zusammen mit einem der Veteranen, der sich durch Kettenrauchen und einen abstehenden Backenbart auszeichnete und dadurch, daß er, nach einem Gerücht, das umging oder das er selbst verbreitet hatte, der Erfinder jener Bullrich-Salz-Verse gewesen war, die einst die U-Bahn schmückten, weshalb er auch Bullrich-Salz genannt wurde. Jedenfalls pflegte er unzählige Male zu wiederholen:

-So nötig wie die Braut zur Trauung
ist Bullrich-Salz für die Verdauung.
Denn selbst der Jäger aus Kurpfalz
nahm nach der Mahlzeit Bullrich-Salz.-

Nicht nur in Anlehnung hieran, sondern überhaupt zeichnete sich Franz-Ottokars Tätigkeit, und darin ging er auch mit dem Freund und dem Freund des Freundes einig, dadurch aus, daß er als einer der ersten Werber in der Bundesrepublik wieder gereimte Verse verwendete. Er scheute dabei, auch das ein bezeichnender Zug, nicht davor zurück, Klassiker wie Goethe, Heine, Wilhelm Busch, Morgenstern, Tucholsky oder Schwitters auszubeuten. So warben sie einmal für eine Reißverschlußfirma mit den Versen:

-Libido nimmt die Sehnsucht bei der Hand.
Was hat man von den nackten Heiden?
Ich liebe mir was auszukleiden.
Ein Reißverschluß macht Schönheit erst bekannt.-

Und für eine Strumpffirma verwendeten sie den Spruch:

-Ein Weib entzückt durch seine Beine.
Ich bin ein Mann. Ich habe keine.-

Allerdings zeichnete sich hier auch zuerst die Spaltung ab, die alles in sein letztes Stadium bringen sollte. Costas Kalliqueue wurde in der Verwendung solcher Reimereien immer hemmungsloser, auch, in einem unangemessenen

Verhältnis, kritischer. Vielleicht war es Galgenhumor, vielleicht hatte er bereits den Abgang ins Auge, dies dunkel melancholische Auge, gefaßt und wollte sich den Rückweg abschneiden? Für eine Schaumgummimatratzenfirma hatte er vorgeschlagen:

-Vielleicht bist du müde und sehnst dich nach Schlaf.
Du hast Tag und Nacht hindurch laut und brav
ins Horn der Vernunft gestoßen. Jetzt hängst du es
an den Nagel.
Mag tuten wer will für den deutschen Janhagel.-

Bei einer Landtagswahl wollte er eine der regierenden Parteien so bewerben:

-Vortrefflich geht es. Der stille Segen,
er wuchert im sittlich gehüteten Haus.
Und sicher und friedlich auf friedlichen Wegen
entwickelt sich Deutschland von innen heraus.-

Und am Ende schlug er für die Werbung einer Lebensversicherungsgesellschaft vor: Ewig währt am längsten.-

Dann flippte er aus. Der Freund des Freundes folgte. Oder man nahm es an. Sie hatten die Kasse leer gemacht und waren auf den großen Trip gegangen. War auch Franz-Ottokar in Versuchung geführt worden? War er nicht auch, eine Zeitlang, wie von der Bildfläche verschwunden? Aber er kam zurück. Zögernd übernahm er mit dem Bullrich-Salz-Veteranen zusammen die Leitung der Agentur. Leistung, Statur und familiärer Hintergrund sprachen für ihn. Die Lage der Firma war nicht schlecht. Sie expandierte. Der Bullrich-Salz-Veteran starb nach wenigen Jahren an Magenkrebs. Franz-Ottokar schien um ihn zu trauern. Oder war es das Andenken an den Hippiefreund, das ihm noch immer zu schaffen machte?

Überraschend für alle war eine andere Reaktion auf die Veränderung. Franz-Ottokar heiratete. Seine Mutter konnte sich, wie sie es ausdrückte, des Eindrucks nicht erwehren, daß er bei dem ersten besten weiblichen Wesen, das einigermaßen ihr, der Mutter, ähnlich sah, um die Hand angehalten hatte. Mutter Mürbekapsel, die, trotz allem, eine gewisse romantische Erinnerung an das drängelnde Werben des Ochsen, für ihn war alles Gras, bewahrt hatte, befürchtete, daß Franz-Ottokar im Grunde kalt war wie ein Fisch. Das paßte zur Beichte der Schwiegertochter, die rund und freundlich war. Danach war Franz-Ottokar zwar nett, aber im Bett von einer gewissen Verlegenheit, was mit seiner theologischen Vergangenheit in Verbindung zu bringen sie mit einem gewissen und nicht ganz aufzulösenden Zweifel erfüllte. Dennoch kamen in rascher Folge zwei Kinder, ein Junge und ein Mädchen. Mutter Mürbekapsel warf sich auf die Enkel.

Franz-Ottokar lebte für sich hin. Sein Kopf wurde kahl bis auf einen graumelierten Kranz und ein kleines putziges Büschel Haar mitten auf der spiegelnden Stirn. Seine Augen waren noch immer groß braun schwimmend, ja schienen nun hinter der Brille noch größer brauner schwimmender. Obwohl er vage irgendwohin zu blicken schien, sah er doch eigentlich meistens fast alles. Seine Backen wie sein Bauch waren nach unten auseinander gegangen und hatten ein birnenförmiges Aussehen angenommen. Es war nicht länger zu verbergen, daß er Plattfüße hatte. Plattfüßig latschte er durch die Firma. Er war zu allen unsäglich freundlich.

Seine Rechtmacherei hatte einen Zug ins Allgemeinere, Übergeordnete bekommen. Weniger Privatpersonen wollte er es recht machen als vielmehr Kunden, Partnern, Konkurrenten, Staatsbürgern, Bevölkerungsgruppen, Nationen, ja der Menschheit. Er strebte nach Schönheit für alle. Indem er es nicht nur jedem, sondern der Allgemeinheit recht machte, setzte er sich selbst ins rechte Licht. Indem er sich selbst ins rechte Licht setzte, setzte er jedoch andere nicht ins Unrecht. Indem er sich ins rechte Licht, andere jedoch nicht ins Unrecht setzte, erhob er die Kon-

kurrenz der Leistung anderer gegenüber der eigenen und die der eigenen gegenüber der anderer in einen edlen Wettstreit von schier unaustragbarer Bescheidenheit. Er hätte glücklich sein können. War er glücklich? Wenn, dann anders, als man es sich überhaupt hat vorstellen können.
Zwei Details seiner Agentur-Tätigkeit. Aus der Einsicht, daß seine Vorreiterrolle, was klassische Reime und Opernarienparodien in der Werbung betraf, nun, in den siebziger Jahren, sich erübrigt hatte, wandte er sich in größerem Stil dem Visuellen zu. Hier entdeckte er über die Arbeit mit Leuchtreklame das Problem der Fassade. Er wußte, daß Werbung so etwas ist wie die Fassade der Sache, für die sie wirbt. Warum das nicht als Grundprinzip nehmen und auf die Lebens- und Umweltgestaltung überhaupt anwenden? Da es schon in den Blockhaussiedlungen nordamerikanischer oder australischer Siedler hinreißende Beispiele gab für die Verbindung von Schrift mit Bretterwänden. Er tat sich zuerst mit einer Firma zusammen, die Verblend-Glasur-Ziegel herstellte, und betrat mit diesem Schritt absolutes Neuland. Die ersten Ergebnisse zeigten merkwürdigerweise etwas von dem psychedelischen Glanz, den sein Freund Costas Kalliqueue gehabt hatte, waren aber, wie es den siebziger Jahren entsprach, in ihrem Scheincharakter solider. Er selber fand sie ganz einfach schön.
Das andere Detail betraf seine Einstellung zur Politik. Er hatte im Grunde immer der CDU nahegestanden, war zumindest CDU-Wähler gewesen, hatte aber doch den Standpunkt vertreten, daß Politik und Werbung getrennte Bereiche bleiben sollten. Das änderte sich merkwürdigerweise, als der frühere FDP-Außenminister Walter Scheel Bundespräsident wurde. Franz-Ottokar Mürbekapsel wurde Mitglied dieser Partei, weil, wie er gesagt haben soll, die FDP denn doch noch die einzige Partei ist, in der man Politik wie Werbung machen kann.
Eines Abends kam er nicht nach Haus, was regelmäßig,

jedoch nie ohne Ankündigung und Begründung vorkam. Er erschien auch nicht in der Agentur, was seit dem Weggang von Costas, der übrigens am Abend vor Franz-Ottokars Verschwinden in der Stadt gesehen worden sein soll, noch nie vorgekommen war, ohne daß eine schriftliche Entschuldigung dafür vorgelegen hatte. Hatte es ihn dennoch erwischt? Eine halbe Woche danach wurde die Leiche eines Mannes gefunden, der unter dem Namen Michael Schrotkorn ein Apartment in einem abgelegenen Vorort gemietet hatte. Er lag nackt auf einem, wie festgestellt wurde, kostbaren chinesischen Teppich. Eine langhaarige blonde Perücke, war auf den Teller eines eingestellten Plattenspielers gesetzt worden und drehte sich dort langsam rundum. Über dem graumelierten Haarkranz des Toten war ein kreisrunder Schnitt angebracht worden, so als hätte sein Skalp genommen werden sollen. Die Stirnhaut war jedoch nur unterhalb des putzigen Haarbüschels auf der Stirn wie versuchsweise gelupft worden. Der Tod war durch Herzversagen eingetreten. Mord lag nicht vor.

Franz-Ottokars Vater erlitt, unmittelbar nachdem er die Todesnachricht empfangen hatte, einen, wie man es von ihm nicht anders erwartete, Schlaganfall und starb ebenfalls. Franz-Ottokars Mutter und Franz-Ottokars Frau, die nach einer Erkrankung an Brustkrebs und nachfolgender Operation den gesellschaftlichen Ehrgeiz aufgegeben hatte, zogen zueinander und widmeten sich nicht nur Franz-Ottokars Kindern, sondern ebenso der Koordinierung der übrigen Ochsen-Enkel, deren Zahl auf dreizehn angestiegen war.

Ich erinnere mich an meinen letzten Besuch bei Franz-Ottokar in seinem Büro. Er hatte mich überraschenderweise eingeladen, Textentwürfe für ihn zu machen, was ich als freier Autor nicht ganz unbeachtet lassen konnte. Wir kamen jedoch nicht über Vorbesprechungen hinaus. Er sprach, wie schon früher, über Fragen der Psychoanalyse, in der er weit belesener war als ich, und entwickelte einige gewagte, ja fast bizarre Spekulationen, indem er nicht nur Autoren und Praktiker wie Ferenczi, Balint, Sheppard, Laing und Lacan miteinander verband, sondern von ihnen her eine Verbindung zu theologischen Gedankengängen zog, wie sie ihn offenbar seit der Studienzeit nie ganz verlassen hatten. Im Mittelpunkt dieses Gesprächs, oder soll ich sagen Monologs, stand der Begriff des Glücks. Er saß da vor der breiten Fensterscheibe, durch die man ein Stück Hafen sieht und die sich eben mit einem durch Wolkenballen hindurchsickernden unsicheren Abendlicht zu füllen begann, ein wenig vornübergebeugt, breit, mit vagem Blick, manchmal in den Mundwinkeln zuckend, lächelnd, die dicht behaarten Hände flach auf die Schreibtischplatte gelegt, die leer war bis auf eine kleine Messingstatuette, die, wie ich plötzlich verblüfft entdeckte, Costas Kalliqueue darstellte.

In diesem Monolog erzählte er auch, wie schon früher, warum seine Mutter ihn nach einem Dichter und einem Salonkomponisten genannt hatte. Er zitierte einen Vierzeiler, den Grillparzer am 20. Februar 1860 in das Stammbuch der Gräfin Enzenberg geschrieben hatte:

-Will unsre Zeit mich bestreiten,
Ich lass' es ruhig geschehn.
Ich komme aus andern Zeiten
Und hoffe in andre zu gehn.-

Und plötzlich erkannte ich, daß es nicht Resignation oder Trauer waren, die aus ihm sprachen, sondern daß er ganz einfach einen Reklamevers auf sich selbst aufsagte.

Verbesserung nach Diskussion im Seminar von Professor Fülleborn

Die Frage, die nach der Lesung gestellt wird, bezieht sich eigentlich auf die mögliche Parallelführung eines schwachen, zumindest weichen Charakters zur politischen Realität im Deutschen Reich, im Dritten Reich und in der Bundesrepublik Deutschland zwischen, sagen wir, 1930 und 1975. -Ist Franz-Ottokar Mürbekapsel als, konkret gefragt, Mitläufer genügend deutlich herausgearbeitet?- Gegenfrage: besteht der Eindruck, daß das die Absicht ist?- Es gibt auch Schwierigkeiten, die Epigramme von Grillparzer unterzubringen. Andere Gegenfrage: steckt eine politsche Absicht nicht allein in den Werbesprüchen, und hier vor allem in denen, die von Heine geklaut sind, während der verballhornte Goethespruch ins Psychoanalytische zurücklenkt?- Das mit der Psychoanalyse erscheint unbefriedigend. Statement: aber Mürbekapsel ist nur die Allegorie dessen, der es allen recht machen will und der diese Schwäche umzukehren bemüht ist in eine soziale Tugend, die eventuell auch dadurch, daß sie in ihrer äußersten Aufsplitterung negativ interpretiert wird, ein psychologischer Schutzschild wird.- Professor Fülleborn ist mit dem Begriff der Allegorie nicht einverstanden. Er empfindet die Erzählung zu stark in ihrer Entwicklung, um sie in der Statik, die doch wohl charakteristisch ist für die Allegorie, sehen zu können. Aber ist das nicht eine Frage der Perspektive? -Kann man nicht das, was hier entwickelt wird, ein ganzer Lebenslauf, von der Zeugung bis zum Tod, mit Nachruf, auch ansehn als eine Ausbreitung von Attributen, die zu einer zwar bezeichneten, aber noch nicht ausgebreiteten Allegorie gehören?-

Frage: ist der Schluß nicht willkürlich und unmotiviert?- Antwort: ja vielleicht.- Gegenfrage: sind Schlüsse nicht immer willkürlich und unmotiviert?- Da das als spitzfindig empfunden wird, weitere Erklärung: der Titel hieß ursprünglich Franz-Ottokar Mürbekapsels Glück ohne Ende. Die Aufsplitterung des Rechtmachenwollens sollte sich zeitlich in eine unendliche Perspektive auffalten, in eine unendliche Menge von Rechtmacherei, wie sie das tägliche Brot des Mathematikers ist. Das hätte sich, sollte es anschaulich bleiben, eines Behelfs bedienen müssen, oder aber die Geschichte hätte sich, was ja reizvoll gewesen wäre, ins Statistische hinüberbewegt. Nun ist aber ja Franz-Ottokar Mürbekapsel in Wahrheit der Doppelgänger des berühmten ortsansässigen Kunstkritikers Lonnie d'Alembert, der am 26. 7. 1968 in Hamburg gestorben ist. Mürbekapsels Ende ist noch einmal das Ende d'Alemberts, Mürbekapsels Ende ist ein Selbstzitat. Damit ist die Frage seines Weiterlebens wie seines Glücks nicht mehr zu stellen.-

Es erscheint störend, so eine andere Frage, daß als Vertreter eines indifferenten oder blaß opportunistischen Verhaltens in der BRD ein Schwuler gewählt wird. -Wird damit nicht eine Minderheit diffamiert und kommt das nicht gefährlich in die Nähe einer Gesinnung, in der auch wieder Antisemitismus möglich scheint?- Ist es diffamierend, daß Franz-Ottokar Mürbekapsel an einem bestimmten Punkt in die FDP eintritt? Diffamierend für wen? Für die Gruppe, als deren Stellvertreter er hingestellt wird? Für die FDP? Und warum? Was bedeutet der Satz, in dem Franz-Ottokar meint, daß in der FDP Politik wie Werbung betrieben werden kann? Ist das, weiterhin, eine Charakterisierung der politischen Einstellung des Helden oder ein politisches Urteil? Ist Mürbekapsel denn schwul? Alle Hinweise darauf sind ausgespart. Kalliqueue, ein griechisch-französischer Kunstname, den man etwa mit: Schönstange übersetzen kann, ist schwul. Was besagt das?

Also gut. Verbesserung. Mürbekapsel stirbt nicht. Auftritt erneut Costas Kalliqueue. Er ist in den Jahren, in denen er uns aus dem Blickfeld verschwand, nicht untätig gewesen. Er hat allerlei Aktivitäten verfolgt, es ist auf und ab gegangen mit ihm, das Leben hat ihm, wie man sagt, übel mitgespielt. Aber am Ende hat er die berühmte amerikanisch-chinesische Supererbin geheiratet und ist nun an Land gegangen. Er hat mit seiner Partnerin die Rollen getauscht und erscheint als australischer Transvestit. Sie, eine hagere, außerordentlich schwer zu befriedigende Lesbierin, macht den Mann, Erich Franzens Tochter mit ihrem Zwitterliebhaber. Mürbekapsel ist verwirrt und überwältigt. Der einzige, dem er, wie er jetzt gewiß weiß, in seinem Leben gemüthaft zugetan war, scheint ihn verraten zu haben. Familie und Geschäft, beide auf ihre Weise ja durchaus ansehnlich und erfolgreich, zählen hiergegen nichts. Was soll er tun? Wie kann er es nun ausgerechnet diesem lockeren und doch so gelangweilten Paar recht machen?

Die Idee, und da zeigt sich, wo seine eigentliche Genialität verborgen liegt, die wahre Phantasie des Herzens, stammt von ihm. Er vertraut sich den beiden an und erklärt sich ihnen als Vater und Sohn zugleich. So können sie einen unendlichen Inzest mit ihm üben. Sein Geschäft betreibt er von ferne. Sein Vater erleidet auch hier einen, wie man es von ihm erwartet hat, standesgemäßen Schlaganfall. Frau und Mutter tun sich auch hier zusammen und werfen sich auf die Enkel. Nebenbei wird Franz-Ottokar eine der geheimen Autoritäten für bestimmte Fragen der Psychoanalyse. Es gelingt ihm, sich mit Lacan bekannt zu machen. Dieser hält ihn für einen irren, reichen, perversen Snob, ist aber entzückt von ihm. Die Schlußszene, mein Gespräch mit Franz-Ottokar, müßte auf diesen letzten Stand gebracht werden, sonst kaum verändert.

Jetzt fragt ein bärtiger Student: ist das nicht, als ob man schreibt wie nach einem Koch- oder Backrezept? Man nehme, mische, rühre, Ofen oder Platte vorgewärmt?- Antwort: ja natürlich. Warum nicht?- Frage: darf man das denn, schreiben wie nach einem Backrezept?- Antwort: aber natürlich. Das ist doch die einzige Möglichkeit.-

Sechste Legende von Rübezahl
Der Dichter und sein Freak

. . . hauset in friedlicher Eintracht neben dem Apoll und den neun Musen der berufene Berggeist Rübezahl genannt . . . Dieser Fürst der Gnomen besitzt zwar auf der Oberfläche der Erde nur ein kleines Gebiet, von wenig Meilen im Umfang, . . . und teilt dies Eigentum noch mit zwei mächtigen Monarchen, die sein Kondominium nicht einmal anerkennen. Aber wenige Lachter unter der urbaren Erdrinde hebt seine Alleinherrschaft an, die kein Partagetraktat zu schmälern vermag, und erstreckt sich auf achthundertsechzig Meilen in die Tiefe, bis zum Mittelpunkt der Erde. Zuweilen gefällt es dem unterirdischen Starosten seine weitgedehnten Provinzen in dem Abgrunde zu durchkreuzen, . . . die Knappschaft der Gnomen zu mustern und in Arbeit zu setzen, teils um die Gewalt der Feuerströme im Eingeweide der Erde durch feste Dämme aufzuhalten, teils mineralische Dämpfe zu fahen, mit reichhaltigen Schwaden taubes Gestein zu beschwängern und es in edles Erz zu verwandeln. Zuweilen entschlägt er sich aller unterirdischen Regierungssorgen, erhebt sich zur Erholung auf die Grenzfeste seines Gebietes und . . . treibt da Spiel und Spott mit den Menschenkindern, wie ein froher Übermütler, der um einmal zu lachen seinen Nachbar zu Tode kützelt.
Denn Freund Rübezahl sollt ihr wissen, ist geartet wie ein Kraftgenie, launisch, ungestüm, sonderbar; bengelhaft, roh, unbescheiden; stolz, eitel, wankelmütig, heute der wärmste Freund, morgen fremd und kalt; zu Zeiten gutmütig, edel und empfindsam; aber mit sich selbst in stetem Widerspruch; albern und weise, oft weich und hart in zween Augenblicken, wie ein Ei, das in siedend Wasser

fällt; nach der Stimmung, wie ihn Humor und innrer Drang beim ersten Anblick jedes Ding ergreifen läßt. (Johann Karl August Musäus)
Im Grunde. Oder eigentlich? Aber was sage ich, wenn ich das so nebeneinander her sage, gegeneinander stelle, gegeneinander austausche, miteinander verwechsle? Ist eigentlich im Grunde oder eigentlich eigentlich? Im Grunde eigentlich eigentlich oder eigentlich im Grunde, im Grunde im Grunde eigentlich? Im Grunde also, oder eigentlich, befand er sich in einer aussichtslosen Situation. Eigentlich, oder auch im Grunde, hat er sich schon immer in einer aussichtslosen Situation befunden. Das war irgendwie sein Leben geworden. Er hatte sich nie entscheiden können, weder dafür noch dagegen. Aber er hatte sich ebensowenig auf das sowohl als auch oder das weder noch oder das entweder oder festlegen lassen mögen. Er lebte ja im Grunde, eigentlich, sowohl als auch. Was nicht bedeutete, daß es ihm schlecht ging. Er machte, und hatte schon immer gemacht, das beste daraus. Er machte das beste daraus, um damit fertig zu werden. Das beste daraus zu machen, um damit fertig zu werden, das war eigentlich, das heißt im Grunde, schon immer seine Masche gewesen.
Anton Ulrich Rübezahl war in dieser Zeit einer der berühmtesten Schriftsteller seines Landes und seiner Sprache, was ja nicht ganz dasselbe war, geworden. Er war nicht nur einer der berühmtesten, er war auch einer der erfolgreichsten Schriftsteller seines Landes und seiner Sprache in dieser Zeit. Honorare und Tantiemen hatten sich längst zu vielstelligen Zahlen auf seinen Konten und zu ansehnlichem Realbesitz verdichtet. Zeitungen und Lesebücher waren voll von ihm. Er war nicht unabhängig, von Verlagen, Bühnen, Kritikern, Lesern zum Beispiel, aber wohlhabend oder, wie er es selber ausdrückte, welche Ausdrucksweise ihm hier und da verübelt wurde, gutsituiert. Daß ihm diese Ausdrucksweise verübelt wurde, war eigentlich unge-

recht, denn er drückte sich doch nur so aus, um sich gegenüber der Klemme, der prekären Situation, in der er sich von Grund auf fühlte, möglichst neutral zu verhalten.
Daß er berühmt war, verdankte er natürlich dem, was man seine Karriere nennen kann und die, was die Einzelheiten betrifft, nicht anders verlaufen ist als bei anderen, weniger oder überhaupt nicht berühmten Autoren auch. Seine Gedichtbände fanden immer wieder neue Auflagen und neue Käufer. Seine Theaterstücke wurden lange und in immer neuen Inszenierungen gespielt. Seine Romane waren in aller Munde. Dabei war er kein Vielschreiber. Er tat sich, wie man so sagt, schwer, obwohl es natürlich auch möglich ist, daß das zu seinem Image gehörte. Aber es saß alles richtig. Und es hatte sich von Anfang an summiert.
Sein Ruhm war natürlich auch, wenn man es so zurückblikkend überschaut, das Ergebnis harter und systematischer Arbeit. Fehlschläge, die es gegeben hatte, waren ohne Rücksicht korrigiert, ihre Spur ausgelöscht worden. Biographie und Bibliographie hatten von Anfang an einer dauernden und rigorosen Kontrolle unterlegen. Das Bild, das entstanden war, zuerst nur vage, in variablen Richtungen ergänzbar, wurde niemals auf sich beruhen gelassen. Ein Zug hier, ein Zug da wurde abgedämpft oder hervorgehoben. Eigenheiten hier und Eigenheiten da dienten als Pinselstriche, die das Gemälde vertieften oder ihm eine changierende Bedeutung gaben. Er hatte Aufsehen erregt, sehr früh schon, aber er hatte niemals schockiert. Die Bezüge, die sich zwischen Leben und Werk herstellen ließen, wurden, wenn man das sagen kann, ständig nach- und ausgefeilt. Auf ihn paßte eigentlich das altmodische Wort: Nonkonformist, das weder den Makel des Revolutionären noch den Tadel des Opportunismus beinhaltet, jedoch das, was davon für ein unverwechselbares Charakterbild verwendbar ist, zur effizienten Tugend eingeschmolzen hat. Krönung war sein öffentliches Auftreten,

das perfekt, um nicht zu sagen, makellos durchkalkuliert war. Das heißt, es lag ihm auch einfach. Er projizierte seine aussichtslose Situation als Glanz des Auftritts nach außen. Er war nicht nur berühmt, er war ein Symbol, ein Idol.

Es hatte, um das zu werden, eines ausgedehnten Netzwerks von Verbindungen, Verbindlichkeiten, Verpflichtungen, Verpflichtetheiten, Freundschaften, Bekanntschaften, einer Hierarchie von Hilfsmaßnahmen, Flankendeckungen, institutionalen wie personalen Abhängigkeiten bedurft. Freunde im eigentlichen Sinne hatte er keine, pflegte aber eine Unzahl von Leuten als Freunde zu bezeichnen. Er brach mit niemandem, weil er sich über ihn ärgerte. Wenn ein Bruch stattfand, geschah es aus rein taktischen Gründen. Er hatte jetzt die dritte Frau, etwa zwanzig Jahre jünger, die besser zu repräsentativen Zwecken verwendbar war als die früheren und die ihre gelegentlichen Liebhaber immer so aussuchte, daß sie auch für ihn nützlich sein konnten. Trotzdem blieb sie natürlich ein Unsicherheitsfaktor. Er wußte nicht wirklich, wie sie reagieren würde. Das gleiche galt auch für seine Kinder, zu denen er ein kameradschaftliches Verhältnis pflegte und die Gottseidank alle praktische und solide Berufe ergriffen hatten, von denen auch er hin und wieder profitieren konnte. Es war ihm zum Beispiel im Moment angenehmer, zu einem Zahnarzt zu gehn, der zugleich sein Sohn war. Einen andern aufzusuchen, stand ihm immer noch frei.

Er hatte außerdem in der Regel ein bis zwei Geliebte, die wechselten. Nie mehr als zwei, denn er hatte da, was aber völlig eliminiert worden war, böse Erfahrungen bei sich selbst gemacht, es war vorgekommen, daß er außer Kontrolle geraten war. Er galt als, und er war es ja auch, liebenswürdig, großzügig und zärtlich. Sein Privatleben war so im Grunde, nicht eigentlich diesmal, durchsichtig wie, ich will einmal sagen, das Meer an der irischen Westküste, übrigens ein von ihm geliebter Ferienaufenthalt. Das heißt,

es gab eigentlich keinen Unterschied zwischen privatem und öffentlichem Leben. Alles war aufeinander abgestimmt, und wo dann doch etwas nicht stimmte, wurde unverzüglich redigiert. Er war auch so etwas wie der große Parteilose, menschlich mit gewissen Menschlichkeiten, Frauen zugeneigt, kein Alkoholiker, aber nicht abgeneigt, einmal, wenn es sich so ergab, einen zu bechern. Ein geselliger Kamerad und ein einsamer Wanderer. Ein rhetorisch unrhetorischer, nüchterner, doch ans Herz greifender Redner, der seine Stimme oft genug als einsamer Mahner in der Wüste erhob. Kurz, ein wahrer Künstler, ein melancholisch verhangener, gedämpft strahlender alternder Held.
Eine gewisse, nicht ganz deutliche oder mit Absicht in mystischem Halbdunkel gehaltene Rolle spielte in seiner früheren Biographie ein junger Freund, dem er sehr verbunden gewesen war, der ihm sehr viel, wie es hieß, gegeben hatte, obwohl er auf den prosaischen Namen Hendrik Rachenputzer hörte, und der auf tragische Weise bei einem Urlaub in der Ägäis ertrunken war. Es gibt allerdings auch die Version, nach der er an einer Überdosis in der Wohnung eines anderen, älteren Freunds gestorben ist. Anton Ulrich hatte verschiedene Male, öffentlich und in der Stille, sich die Schuld am Tod dieses jungen Freundes gegeben. Er trieb einen gewissen Kult mit ihm, allerdings in einer ans Weibliche transponierten Form. Er bevorzugte literarische Frauennamen, die sich an den e-i-Klang von Hendrik, beziehungsweise an dessen Umkehrung, hielten, wie Hilde, Gitte, Mildred, Elfriede, Gesine, Silke, Elsie. Neuerdings tauchte allerdings, wenn er solche Namen einsetzte, nicht der selige oder unselige Rachenputzer vor seinem inneren Auge auf, sondern wider alle Vernunft das Bild seiner achtzehnjährigen Tochter Sarah. Und er überlegte, ob er gezwungen war, noch einmal zu dem Psychoanalytiker zu gehen, den ihm einst seine erste Frau empfohlen hatte, den

er nicht ausstehn konnte, der ihm jedoch damals, indirekt, ganz neue Leserschichten erschlossen hatte.
Hendrik Rachenputzers Einfluß ging in Wahrheit tiefer. Er war der erste einer Reihe von Inspirationen gewesen, ohne die ihm nichts einfiel, und es wurde immer schwieriger. Die drei auf Rachenputzer Folgenden, bei deren Konsultation er sehr vorsichtig gewesen war, waren vollständig aus seiner Biographie ausgelöscht worden. Sie existierten nicht mehr. Dann schien er Glück gehabt zu haben. Trotz einiger Unannehmlichkeiten dauerte seine Beziehung zu Gnomos Paternoster nun schon ein Dutzend Jahre, und Anton Ulrich verdankte ihm einige seiner größten Erfolge. Er hatte ihn aufgegabelt, als Gnomos noch in die Schule ging oder hätte gehen sollen, ein wilder ausgeflippter Junge, den Anton Ulrich auf einer seiner, wie es in seiner Biographie hieß, Milieustudien getroffen hatte. Er hatte sich pausenlos mit ihm unterhalten, in einem Zug den zweiten Roman, der allgemein als sein bester galt, geschrieben. Er brauchte diesen Freak, damit ihm Schönes einfiel.
Er hatte diesen Roman schon in der Stadtwohnung geschrieben, dem Parterre in der einen Hälfte eines Doppelhauses, die er mit Garten gekauft hatte, in der Agnesstraße, einer Parallelstraße zum Leinpfad, die vom oberen Ufer der Außenalster zur Marie-Luisen-Straße führt. Was er von allem Anfang an so geliebt hatte an dieser Wohnung, in der er in den folgenden Jahren ausschließlich das tat, was er arbeiten nannte, war das Frühstück auf der Terrasse, einer Art Bretterempore mit Holztreppe zum Garten und hölzernem Jugendstilgeländer, von der äußeren Wand her überwuchert mit Knöterich, dessen weiße traubenförmige Blüten im Spätsommer von der Regenrinne des Glasdachs herabhingen. Als er nicht länger darum herum kam, sich einzugestehen, daß er ohne Gnomos Paternoster nicht weiterkommen würde, ging er das Risiko ein, ihn zu sich zu nehmen. Er wurde offiziell installiert. Anton Ulrich rich-

tete ihm die Souterrainküche, in der nur der riesige Herd und der Holztisch stehenblieben, als Arbeitszimmer und die hinteren Kellerräume als Wohnung ein. Hatte er zuerst vage an eine Art Hausmeisterrolle und die Ausübung von praktischen Hausarbeiten gedacht, so änderte sich alles, als er entdeckte, daß Gnomos schrieb, ja bereits publiziert hatte. Er wurde nun der radikale, menschenscheue, kompromißlose junge Dichter, der ohne die Fürsorge des Meisters verkommen wäre und der nun, dank der Großzügigkeit des Berühmteren und Erfolgreicheren, eine dauernde Bleibe gefunden hatte. Das erste Stockwerk ließ Anton Ulrich übrigens leer, da er schon den Gedanken an Schritte über seinem Kopf nicht ertragen konnte. Die ausgebaute Dachwohnung hatte er, als dieser nach dem Tod d'Alemberts zur anerkannten Autorität unter den älteren Kunstkritikern avanciert war, an die Schildkröte vermietet. Die Schildkröte war jedoch selten im Haus.
Wenn Anton Ulrich und Gnomos gelegentlich auf der Terrasse zusammen frühstückten, sah man, welch ein ungleich gleiches Paar sie darstellten. Sie waren etwa gleich groß, einsfünfundachtzig. Anton Ulrich in getönten Gabardinehosen und Maßhemd oder Pullover, Sandalen oder Boots. Der imposante Kopf von einem noch immer blaßblonden Bartkranz umrahmt, das schmale scharf geschnittene Gesicht von der hakenförmigen Nase dominiert, Stahlrahmenbrille mit großen Gläsern, über der Stirn das schüttere schneeweiße Haar, lange gepflegte Hände, über die sich zum Beispiel die derzeit diensttuenden Freundinnen, Nähbeutel und Stricktäschchen, nicht genug tun konnten in Bewunderung, besonders wenn er anfing, damit ihre Stricktäschchen und Nähbeutel zu betasten. Gnomos dagegen in dreckigen Jeans, Holzklapper an den nackten drekkigen Füßen, einen verschwitzten blauen Seemannspullover über der breiten Brust und dem jetzt vorstehenden Bauch. Der Hackklotz von Kopf über und über von unre-

gelmäßigen Büscheln schwarzen ungekämmten Haars bedeckt, das aussah, als würde es dadurch kurz gehalten, daß er von Zeit zu Zeit Bündel davon ausrupfte. Breite, von einer frühen Schlägerei eingeschlagene Nase, Schlitzmund und hinter der Brechtbrille etwas wäßrige, aber oft nachdenklich verschlossene Augen. Der Freak wie er im Buch steht. Ich weiß nie, was er denkt, hatte Anton Ulrich nun schon unzählige Male zu sich selber gesagt. Aber er brauchte ihn. Wenn er nicht mindestens einen Satz mit ihm gewechselt hatte, fiel ihm nichts ein.

Zweierlei kam hinzu. Er wußte nicht, was der Freak tat. Hatte er ihn anfangs noch beraten und auch Publikationsorgane vermittelt, Zeitschriften, Rundfunk, Lesungen, so kam nun schon lange nichts mehr aus Gnomos heraus. Es gab einen Raum in der Kellerwohnung, die Gnomos das Magazin nannte, zu dem hatte niemand Zutritt. Er war auch, was Anton Ulrich noch mehr beunruhigte, da er dadurch an Zugriff verlor, überhaupt nicht mehr daran interessiert, zu publizieren. Das machte es so besonders schwierig, weil doch Paternoster, Dichter hin Genie her, irgendwie sein Geld verdienen mußte. Was sollte er sagen, wenn er gefragt wurde? Mein Diener? Er konnte nicht sagen: mein Chauffeur, da das Auto von seiner Frau benutzt wurde. Er konnte ihn auch nicht in das Haus auf dem Lande schicken, in dem seine Frau wohnte, weil die es abgelehnt hatte, mit dieser stinkenden Bestie, so hatte sie gesagt, auch nur fünf Minuten zusammen zu sein. Nun gut, er fungierte jetzt unter der Bezeichnung Gärtner, die Bezahlung ging über den Verlag auf Paternosters Konto. Aber das war keine Lösung. Und er mußte die kritische Schwelle, an die er bei dem neuen Roman gekommen war, hinter sich bringen. Er hatte auch den Verdacht, daß Gnomos, wenn er selber nicht in der Wohnung war, zur Schildkröte hinaufging. Aber was tat er da? Die Schildkröte war schwul, das wußte jeder. Aber war Paternoster auch schwul geworden? Schwule stehen nicht auf Freaks. Er hatte versucht, Nähbeutel und Stricktäschchen auf ihn anzusetzen. Das ging nicht so gut. Sie waren zwar entzückt über seine Unermüdlichkeit. Scharf, als ob er aus einem Kloster kommt, sagte Nähbeutel. Aber sie waren nicht erbaut von einigen seiner Wünsche und weigerten sich, noch einmal mit ihm zu schlafen. Herausgekriegt hatten sie sowieso nichts. Vielleicht sind sie auch zu dumm, dachte Anton Ulrich.

So traf es ihn wie ein Schlag. Und es dauerte eine geraume Zeit, bis er begriffen hatte, daß es ernst war. Es fing damit an, daß Gnomos Paternoster zu spät zum Frühstück kam. Anton Ulrich überspielte das mit einem seiner nicht gerade zarten Scherze. Das fiel ihm leicht, mit seinen Nächsten Schabernack zu spielen. Um einmal zu lachen, hätte er seinen Nachbar totgekitzelt. Dann hatte er sich, einlenkend, daran gemacht, Gnomos ganz frei und offen einige seiner Schwierigkeiten zu schildern und ihn ebenso frank und frei um seinen Rat zu bitten, als ihm bewußt wurde, daß Paternoster überhaupt nicht reagierte. Es war schon vorgekommen, daß Paternoster in einer solchen Situation lächelnd geantwortet hatte: schreib doch deinen Scheiß allein, du Arschloch.- Aber gar nicht? Zusätzlich platzte die Schildkröte herein, ließ sich krachend in den alten Korbsessel fallen, den Anton Ulrich nicht benutzte, weil er ihn schonen wollte, nahm sich das letzte Brötchen, verschmierte Butter und Marmelade, redete ununterbrochen. Gnomos Paternoster schwieg und reagierte nicht. Wie ein Taubstummer, dachte Anton Ulrich. Vielleicht ist er über Nacht taubstumm geworden? Er versuchte, vorsichtig und scherzhaft, ein paar Bewegungen Zeichensprache. Das einzige, was er dem regungslosen Paternoster ablocken konnte, war ein lauter Furz.

So fing es an. Am Vormittag, als er darüber nachdachte, hatte er der Schildkröte die Schuld gegeben. Als dieser das

Haus verließ, ging er hinaus, stellte ihn zur Rede, machte seine üblichen Witze und riet ihm, sich eine andere Wohnung zu suchen. Die Schildkröte blickte ihn mit schief gehaltenem Kopf an, so daß das Doppelkinn auf der einen Seite ein Quadrupelkinn wurde, knallte sich den Hut auf die Glatze und murmelte: Laus über die Leber Laus über die Leber- und ging weg zum wartenden Taxi. Später besuchte Anton Ulrich seine Frau, was ganz angenehm war und zu einem Extraschäferstündchen führte, aber keine Lösung und keine Beruhigung brachte. Er verschob es auf morgen.

Am nächsten Tag verschob er es weiter auf morgen, auf übermorgen, auf überübermorgen. Gnomos Paternoster blieb stumm. Er sagte kein einziges Wort. Anton Ulrich kam nicht zum Arbeiten, die Sorge um die Zukunft, er war jetzt Anfang sechzig, machte ihn unfähiger dazu als je vorher. Er konferierte mit dem Verleger, sprach mit dem sogenannten Schulfreund, der Rechtsanwalt war und ihn in Vermögensfragen beriet. Er dachte mit Schaudern daran, daß er vielleicht noch einmal gezwungen sein würde, das zu tun, was in seiner Biographie Milieustudien treiben hieß. Noch ein Gnomos war einer zuviel. Es war, bei allen Schwierigkeiten im einzelnen, so gut gegangen. Auf der anderen Seite gestand er sich ein, daß er schon längere Zeit unsicher gewesen war. Konnte es länger gut gehn? Er dachte: wenn ich nur noch diesen Roman schaffe, ist mir alles egal.

Der zweite Schock kam, als er abends, bei der Rückkehr von seiner Frau, zu der sich in diesen Wochen ein ganz neues Verhältnis entwickelt hatte, Gnomos Paternoster in einer der schrecklichsten Sauftouren fand, die er je erlebt hatte. Sein erster Gedanke war, wieder wegzugehn. Aber er konnte nicht. Fasziniert wurde er angezogen. Dies war es, was ihm immer verboten gewesen war. Das Freakige des Freaks. Paternoster lag schnarchend, von Blut und

Kotze bedeckt, auf dem Boden unter dem großen Holztisch, dem sogenannten Vorschneidetisch. Gekotzt hatte er vor allem in den Herd. Auf das Ausgekotzte hatte er eng handschriftlich beschriebene, zusammengeknäulte Blätter Papier gestopft und versucht, sie anzuzünden. Bei allem Ekel, der tatsächlich etwas aufregend Reales für ihn hatte, machte sich Anton Ulrich daran, das zerknüllte, angekokelte Papier herauszuziehen, glatt zu ziehn und zu lesen, was darauf geschrieben war. Es war sein Roman, aber nicht von ihm, sondern von Gnomos, auf seine Weise, mitgeschrieben. Anton Ulrich wurde es jetzt ernstlich übel.
Er ging nach oben. Er mußte sich jetzt hinlegen. Er mußte in Ruhe nachdenken. Zu allem Überfluß lief ihm die Schildkröte über den Weg, der sein kleines, altledernes, abgeschabtes Köfferchen schwenkte. -Also mein Lieber, sagte die Schildkröte im Vorbeigehn: ich wollte dir nur sagen, ich ziehe dann im Lauf des nächsten Monats aus. Ich kann diese Schweinereien von dir im Keller da nicht länger aushalten. Ade ade.- Anton Ulrich hörte es nicht. Er trank hintereinander drei Gläser Aquavit, das war das einzige, was ihn im Moment beruhigte. Dann ging er in die Küche und brühte Tee auf. Er trank eine ganze Kanne voll Tee, ohne daß ein einziger zusammenhängender, geschweige denn klarer Gedanke in seinen Kopf kam.
Natürlich ging es Paternoster danach nicht gut. Anton Ulrich ließ einen Arzt kommen. Er ließ aufräumen und saubermachen. Aber Paternoster sagte weiterhin kein einziges Wort. Er hatte sogar, da Anton Ulrich in seinem schockierten Zustand vergessen hatte, die Blätter mitzunehmen, das ganze Manuskript doch noch im Herd verbrannt. Es stank entsetzlich. Eine weitere Woche später war Gnomos verschwunden. Nach drei Tagen gab Anton Ulrich eine Vermißtenanzeige auf. Nichts. Aber es entstanden Gerüchte. Die Schildkröte, dachte Rübezahl. Wer denn sonst? Es wurde von dem Dichter Paternoster gere-

det, der nie einen Kompromiß eingegangen war. Irgendjemand hatte ihn in London gesehn. Ein anderer in Rom. Eine Leiche, die im Hafen aus dem Wasser gezogen worden war, konnte seine gewesen sein. Das, was Anton Ulrich Rübezahl hatte vermeiden wollen, einen zweiten Fall Rachenputzer, damit war er nun geschlagen. -Wenn ich noch schwul wäre, sagte er bitter vor sich hin.
Es stimmt nicht, daß Gnomos Paternoster gar nichts mehr gesagt hat. Am Morgen, bevor er verschwand, war besonders schönes Terrassenwetter gewesen. Nach einer verregneten Nacht war die Sonne zwischen langsam schwimmenden Wolken hervorgetreten. Es roch überwältigend nach Grün und Erde. Die ersten Knöterichgirlanden leuchteten weiß. Ein frischer, nach Seewasser riechender Wind fegte in Schüben durch den Garten. Anton Ulrich hatte sich in den Korbsessel gesetzt, den die Schildkröte neulich fast ruiniert hatte. Er war aufgestanden und in dem Zimmer hin und her gegangen, in dem er morgens zu arbeiten pflegte, dann nach vorn, wo er nachmittags in die Maschine tippte oder diktierte, dann die Holztreppe hinab in den Garten. Als er den Gartenweg zurückkam, entdeckte er Gnomos am Kellerfenster. Er erwiderte seinen Blick, -spekulativ, hatte später Anton Ulrich gesagt, so als ob er wußte, er konnte mich vernichten, einfach indem er aufhörte, etwas zu sagen.- Anton Ulrich war nähergegangen, in die Knie, hatte sich unter die Terrasse gebeugt, bis er, nur noch durch die Fensterscheibe von ihm getrennt, Paternoster Auge in Auge gegenüber war. Da hatte dieser, nicht laut, aber immerhin so laut, daß es draußen zu hören war, gesagt: Willichnich.-
Was noch? Anton Ulrich Rübezahl, dem berühmten Schriftsteller seiner Zunge und Nation, dem Idol der mittleren Generation und der Lesebücher, schlug auch dieser Schrecken nicht zum Schlechten an. Er berief eine Konferenz ein mit dem Verleger, dem Schulfreund-Rechtsan-

walt, dem Literaturwissenschaftler und dem Feuilletonchef, der ihm gelegentlich seinen Rat lieh. Er gestand, daß er sich in einer Krise befand und menschlich aufs tiefste verletzt worden war. Dann ging er auf eine Weltreise. Das tragische Scheitern, wie es hieß, seines vierten Romans hatte seinen Ruhm nicht vermindert, eher vermehrt. Als er zurückkam, hatte er sich merkwürdig verändert. Er sah fast aus wie ein früh und rasch gealterter Paternoster. Das heißt, er sah aus wie ein Schauspieler, der sich diese Rolle zu spielen bemüht. Die Ungepflegtheiten sozusagen allzu gepflegt. Der Schöngeist, der sich Mühe gibt, den Freak zu mimen.

Er ließ Souterrain und Keller völlig verändern. Im sogenannten Magazin, das aufgebrochen werden mußte, fanden sich Stapel von Manuskripten, aber alle nicht fertig, abgebrochen, zerflatternd. Anton Ulrich schloß sich wochenlang damit ein. Er hatte eine Idee. Dann fing er an, sie nach und nach, unverändert unter seinem Namen zu publizieren. Er befindet sich jetzt in der, wie es der befreundete Feuilletonchef nennt, Altersphase. Er ist der berühmte Erfinder der offenen Literatur.

Wenn Gnomos zurückkommen sollte, wird er gezwungen sein, ihn in eine Nervenklinik zu stecken oder zu töten. Die Angst davor stört ihn nicht. Sie ist das Salz seines Lebens, das, was ihn, wie er sagt, am Ticken hält.

Oder aber: so sehr sich's auch des Gnomen Günstling hatte angelegen sein lassen, den wahren Ursprung seines Glücks zu verhehlen, um nicht ungestüme Sollizitanten anzureizen: so wurde die Sache doch endlich ruchbar; denn wenn das Geheimnis des Mannes der Frau zwischen den Lippen schwebt, weht es das kleinste Lüftgen fort, wie eine Seifenblase vom Strohhalm. Zu fragen war nur, wer ihn verraten würde: seine dritte Frau, seine Tochter Sarah oder die Freundinnen Nähbeutel und Stricktäschchen.

Allmähliche Verfertigung des Charakters des Kollegen Hundekacke

Eigentlich hat es sich um eine einzige Meldung gehandelt. Eine Meldung von zehn bis fünfzehn Zeilen, die nie gedruckt worden ist. Allerdings, wie der Herausgeber selbst, Bonapipi, gesagt haben soll, Dynamit unterm Hintern. Die sensationellste Enthüllung des letzten Jahrzehnts? Die infamste Verleumdung, die je erdacht worden ist, wie der Kollege von der Wirtschaft, Winifred Holzapfel, behauptet hat? Ich kann es nicht beurteilen. Mich interessiert sie ja auch nicht von ihrem Inhalt her, sondern in dem Gebrauch, der davon gemacht worden ist, den, unter anderem, aber doch vor allem, er, der Kollege Queeny Hundekacke davon gemacht hat.
Zu einem Hund fehlte ihm eigentlich nur die Fähigkeit zu bellen. Er hatte es oft geübt. Aber es war ihm nicht gelungen. Für seinen Namen konnte er nichts, er war niemand anderes als der Neffe des berühmten Wanderpredigers Professor Hundekacke. Nicht so sein Freund, der Feuilletonredakteur Dr. Zuckerwasser, der gar nicht so heißt, sondern so genannt wird, weil es meist Zuckerwasser ist, was er von sich gibt, und weil diese Bezeichnung der Schüttelreim seines wahren Namens, Wuckerzasser, ist. Addie Zuckerwasser heißt eigentlich Dr. Adolf Wuckerzasser.
Als ich Lisi in der U-Bahn zwischen Hudtwalkerstraße und Klosterstern frage, was denn Hundekacke nun für einen Charakter haben soll, nachdem ich versuchsweise die ersten Sätze über ihn und Wuckerzasser formuliert habe, ob er nicht einfach einer von diesen munteren Burschen sein sollte, antwortet Lisi: Ich weiß nicht, warum ich mich, wenn du schon so fiese Kollegen hast, auch noch damit beschäftigen soll.- Sie sagt: im übrigen ändern sich doch die Ge-

schichten sowieso immer mit den Wörtern, in die man sie kleidet.

Queeny ist, so möchte ich mich festlegen, durch Protektion in die Redaktion gekommen. Es muß ja nicht der Onkel gewesen sein. Man kann sich vorstellen, daß Napoleon Bonapipi, unser aller Vater, als er ihn begrüßt hat, ironisch darauf Bezug genommen hat, wie er ja alle seine geheimen Informationsquellen in hohe Ironie kleidet. Aber man kann sich wieder nicht vorstellen, daß Queeny von jemandem anders als von sich selbst gesteuert worden ist. Nicht so Wuckerzasser, der ein echter Ferngelenkter ist. Es gibt diesen Kreis von ältlichen Klugscheißern und Superschlauen, die ihn in der Tasche haben. Bonapipi, der große Boß, weiß das, es paßt gut in seinen Kram.

Ich frage Lisi noch einmal, was für einen Charakter Hundekacke haben soll. Sie versteht mich falsch. Sie meint, ich kenne ihn und es kommt darauf an, wie ich ihn beschreibe. Aber ich muß es ja erst zusammensetzen. Es geht darum, bestimmte Eindrücke, Meinungen, Hypothesen in eine Art Konstruktion umzusetzen, in der sich neben Eindrücken, Meinungen, Hypothesen auch Fakten oder völlig phantastische Sachen hin und her bewegen lassen. So daß ich am Ende vielleicht sagen kann, daß Queeny nicht einem Hund ähnlich, sondern tatsächlich ein Hund war, und daß er nicht bellte, kein Unvermögen, sondern Tarnung war. Hätte er auf einer Sitzung oder einem Kollegen gegenüber gebellt, wäre er doch von jedem erkannt worden.

Auf der anderen Seite. Lisi sagt: das ist Unsinn.- Muß ich doch fragen, ob ich nicht, wenn ich sage, Queeny war tatsächlich ein Hund, den Hunden unrecht tue? Wenn ich Schweinehund sage, ist das ein Schimpfwort. Ein metaphorisches Schimpfwort. Er benahm sich beschissen, kann ich sagen. Aber wenn ich sage, er benahm sich behundekackt, hat man da nicht sofort den Eindruck, ich will was ganz Bestimmtes beschreiben? Wenn jemand ein Schwein ist,

bedeutet es nicht, daß Schweine minderwertig sind. Ich übertrage einen Namen in eine Einschätzung, die eigentlich soziologisch ist. Beschissen, ja behundekackt ist er uns gegenüber.
War er falsch, verschlagen, hinterhältig, tückisch, unberechenbar? Ist ein Hund falsch, verschlagen, hinterhältig, tückisch, unberechenbar? Nur, wenn er durch sein Zusammenleben mit seinem menschlichen Meister dazu gemacht worden ist. Die Neurose des Herrn erkennt man am Hund. Mir fällt dabei eigentlich weniger Hundekacke ein als sein Freund Zuckerwasser-Wuckerzasser. In seiner kartoffelbreiernen Sanftäugigkeit und zugleich gackernden Umgetriebenheit ist er wie ein Tier, das es gar nicht gibt. Eine rare Spezies. Ich frage Lisi. Sie sagt: wenn ich dich richtig verstanden habe, ist dieser Wuckerzasser oder Zuckerwasser oder wie er heißen soll einfach nur ein pompöses Arschloch. Ich verstehe vor allem nicht, was du eigentlich sagen willst.- Sie sagt: Hundekacke ist doch schon schlimm genug. Was hat er dir eigentlich getan?-
Wie soll er denn aussehn? Blond, grinsend? -Hallo hallo Leute, hier kommt Queeny Hundekacke.- Ich weiß nicht, wie weit es wichtig ist, daß er mal Fußballspieler gewesen ist. Oder Radfahrer? Er könnte als Sportreporter angefangen haben. Er hat tatsächlich als Sportreporter angefangen. Keine Verlockung zum Fernsehn? Auslandsaufenthalte? Sicher. Ich will einmal versuchen, eine Anekdote zu erzählen. Er hat früher für einen Mann gearbeitet, der immer in Lodenanzug und Lodenmantel herumlief und ständig Geschichten von Bordellen erzählte, daher der Spitzname Lodenhoden. Lodenhoden redigierte die Seite, die bei uns wie auch woanders Aus aller Welt heißt. Queeny und Lodenhoden waren hinter einer ausländischen Berühmtheit her, die eine Story hergeben sollte. Sie kriegen die Story, der Ausländer und Lodenhoden sind stockbesoffen, Queeny bringt die Story. Er hat später gesagt, es wäre

überhaupt keine Zeit gewesen, weil schon andere hinterher waren. Dagegen spricht, daß der Ausländer da schon zu besoffen war, um was zu erzählen. Irgendjemand hat gesagt, daß Lodenhoden gesagt hat, es muß was im Schnaps gewesen sein. Lodenhoden stirbt im Klo eines Bordells an einem Herzinfarkt. Queeny holt die Leiche ab und erfindet eine Geschichte. Queeny wird der Nachfolger von Lodenhoden und macht Karriere. So etwa. So etwa?

Ich frage Lisi, diesmal auf einem Spaziergang, der uns von der Harvestehuder Seite der Alster über St. Georg in die Koppel und durch den Graumannsweg bis nach Hohenfelde führt, was sie von Hundekackes Karriere hält. -Hat er denn eine? fragt sie. Sie sagt: ich weiß ja nicht, was du willst. So wie es jetzt aussieht, ist es eine Geschichte, in der es jeder gewesen sein kann. Es bleibt in den Wörtern, und solange es in den Wörtern bleibt, braucht sich keiner was dabei denken.- -Stattdessen? frage ich. Sie sagt: wenn du nun jemand Bestimmtes meinst, einen, den du kennst und den dann Hundekacke nennst, dann willst du den vielleicht entlarven oder du willst deine Wut über ihn loswerden.- -Und dann? frage ich. Sie sagt: und dann erkennt der an irgendwas, was du sagst, daß er gemeint ist und wird selber wütend und ich weiß nicht was.- Sie fragt: ich weiß nicht, ob du das willst oder nur so eine Geschichte erzählen, die ja eigentlich gar keine richtige Geschichte ist.-

Jetzt, wo ich es aufschreibe, denke ich darüber nach. Heißt das, ich soll die Karten auf den Tisch legen? Gehört zum Beispiel zum Kartenspielen nicht gerade, daß man die Karten nicht auf den Tisch legt? Oder ich als Kiebitz? Ein Kiebitz, der ein Voyeur ist? Und so tut, als ob er auf irgendwas Jagd macht? Inzwischen ruft mein Freund Gunar Ortlepp an und erzählt mir, daß Helmut Mader gestorben ist. Wir reden darüber. Ich erzähle, daß ich mich gerade mit dem Kollegen Hundekacke beschäftige.

-Kennst du den? fragt er. Als ich nicht sofort antworte, sagt er: ich ja.- und dann: eigentlich eine ganze Menge.-
Als Kollege hat Queeny auch positive Seiten. Er ist immer informiert, immer zu einem Schnack aufgelegt, er ist, wenn was los ist, scharf wie ein Schießhund, er hat Einfälle, er macht Wind, ohne zu dick aufzutragen. Er hat Standardsätze. Er sagt: es kommt nicht auf den Stil an, sondern auf die Story. Ist die Story gut, spielt der Stil keine Rolle. Ist die Story nicht gut, muß man sie frisieren, aber nicht durch Stil aufmotzen.- Er sagt: wir haben nicht die Leser, die die andern haben, da bin ich einfach neidisch drauf.- Er fragt: sind wir denn so sicher, was wir für eine Zeitung machen?- Er sagt: einen Artikel muß man nicht gut schreiben, sondern gut an den Mann bringen.- Er glaubt an Sachen, nicht an Wörter. Aber er macht es mit Wörtern. Er sagt: wenn ich kulturelle Verantwortung höre, fange ich an zu pupsen.-
Ich muß, damit der endgültige Coup verständlich wird, noch etwas erklären. An der Spitze steht Napoleon Bonapipi, er ist der Boß, unser aller Vater, der uns rausschmeißt, wenn er meint, wir sind erledigt. Wir haben in dieser Zeit drei Ressortleiter Politik: Außenpolitik, Innenpolitik und Nachrichten. Außenpolitik Professor Wiardus Kesselpauke, Spezialist für Ostasien und Ozeanien, Innenpolitik Victor Plauze, ihm zur Seite Graul Übertreibsel, genannt das Untermännchen, und Nachrichten eine Frau, Lorma Pippergrill, groß, breit, mit Elan alles überrennend, aber zuverlässig. Eine gewisse Rolle hat noch gespielt die Sekretärin von Kesselpauke, durch deren Hände sehr viel geht, wenn er nicht da ist, das ist er oft, sie heißt Puppie Regenbogen.
Es gibt auch eine gewisse Vermischung von dienstlichen und privaten Beziehungen. Es wird nicht gerade darüber diskutiert, ob Sekretärinnen auch Menschen sind, natürlich sind sie Menschen, aber die geistige Struktur einer Sekretä-

rin ist doch, wie Kesselpauke sagt, ganz etwas anderes. Daß man mit ihr schläft, ist ganz natürlich. Wenn ich als einfacher Redakteur einem Ressortleiter gegenüber einen Ressortleiter kritisiere, wird die Antwort immer sein: ja wissen Sie denn nicht, daß das ein Ressortleiter ist? Wenn ich mich mit ihm in Rivalität um die Gunst einer Kollegin befinde, oder, falls wir uns unter Schwulen bewegen, um die Gunst eines Kollegen, tue ich das ohne Rücksicht auf Rangunterschiede. Manches fließt dabei hin und her, auf und ab.
Es hat da zum Beispiel, als Queeny Lodenhodens Nachfolger wurde, eine Geschichte gegeben, in der Queeny angeblich durch eine intime Beziehung zu Puppie Regenbogen sich vor allen anderen Kenntnisse über gewisse räumliche Veränderungen verschafft und sie, hinter unserem Rücken, zu seinen Gunsten ausgenutzt haben soll. Er hat jedenfalls eines der wenigen Büros bezogen, die einen freien Blick haben. Wobei ich mir immer nicht recht vorstellen kann, daß er Wert darauf legt. Es kann natürlich etwas sein, mit dem er sich vor Besuchern brüstet. Sie kommen zu ihm.
Es war in einer jener Phasen, in der die Terroristenbekämpfung Schlagzeilen und Politik machte. Nach einer Reihe gelungener und nach einigen nicht gelungenen Anschlägen, die teils in einen sehr engen Kreis innerhalb der Bundesrepublik, teils in einen allzu weiten wiesen, der von der IRA bis zur PLO, ja bis in den Staatssicherheitsdienst der DDR reichte, waren Gerüchte normaler und leichter zu haben als Fakten und Dokumente. Hundekacke war für seine Verhältnisse schweigsam, was darauf schließen ließ, daß er was vorhatte. Puppie, die ich auch ganz gut kenne, hat mir erzählt, daß Queeny ungewöhnlich oft mit einer Nummer in Bonn, -ausgerechnet in Bonn, sagt sie, telefoniert hat. Victor Plauze, Graul Untermännchen, dann noch ein Kollege, den wir Jonnie den Damentöter nennen, Wukkerzasser, was eine Ausnahme ist, und ich sitzen noch auf ein Bier im Armen Ritter, einer schlauchartigen Kneipe um

die Ecke, in der man auch essen kann, als Queeny hereinkommt. -Kinder, sagt er: ihr glaubt es nicht.- Aber er verrät nichts. Er fragt Zuckerwasser, ob er einen Augenblick. -Ich breche sowieso auf, sagt Zuckerwasser. Sie gehen weg. Hundekacke hat seinen rechten Arm um Wukkerzassers Schulter gelegt. Er grinst. Wuckerzasser nickt, er macht ein Gesicht wie ein, sagt Jonnie, Schafbock beim Melken.

Ein windiger Oktoberabend mit gelbem Licht, das von der Straße hereinschlägt. Noch stehen Hundekacke und Wukkerzasser voreinander, Hundekacke beide Hände flach auf Zuckerwassers Brust, dieser jetzt mit gespitzten Lippen, den Kopf schüttelnd, so daß das Haar, das ihm puffig um den Kopf steht, hin und her schwappt. Dann entfernen sie sich. Mir gegenüber Victor Plauze, dessen runde blaue Augen aussehen, als wollten sie aus dem Kopf fallen. Er sieht den sich Entfernenden nach. Zigaretten- und Zigarrenrauch unter den niedrig hängenden Lampen. -Was um Gotteswillen meint er denn, daß er weiß, sagt Graul Untermännchen mit mürrischem Gesicht. Er haßt Hundekacke.

Bei der nächsten Redaktionskonferenz rückt Wuckerzasser mit einer Serie heraus, die sich mit den Vorwürfen gegen linke Schriftsteller befaßt, Vorwürfen, die darauf drängen, den sogenannten geistigen Vätern des Terrors endlich das Handwerk zu legen. Einer von Zuckerwassers Klugscheißern ist der Autor, die ganze Sache, wie sich herausstellt, präpariert. Sehr geschickt gemacht mit Rückblenden auf den Vorwurf des entarteten Schrifttums, in der Verteidigung der Autoren diese zugleich den Angriffen des Faschismus aussetzend, sehr zweideutig, von beiden Seiten benutzbar, aber im Grunde eher ein unbestimmtes Mißtrauen und Unbehagen gegenüber den Intellektuellen unterstützend. Niemand hat etwas dagegen. Die Serie geht in Druck.

Während die Serie läuft, erscheinen bei Hundekacke Berichte, die den mysteriösen Selbstmord eines Kriminalbeamten aufwärmen, der im Zusammenhang mit einer Abhöraffäre in einer der großen Parteizentralen gestanden hatte. Es wird davon geredet, daß bei völlig anderen Ermittlungen merkwürdige Zusammenhänge erkennbar geworden sind. Auch dies sehr zweideutig. In der Formulierung Hundekacke selbst, auf Fakten drückend, Ketten herstellend, die nichts beweisen, aber suggestiv sind. Kurz darauf taucht ein neuer Aufwärmer auf, der einer Seitenlinie nachgeht, die mit dem Überfall auf eine bundesdeutsche Industrieniederlassung in Südamerika zusammenhängen soll. Weitere ähnliche Berichte folgen. Sie wechseln sich ab mit den Beiträgen der Wuckerzasser-Serie. Ich weiß nicht, wieviele Leser darauf geachtet haben. Ich habe beide Serien gesammelt und in einem Ordner abgeheftet, der nun in dem Teil meines Schreibtischs liegt, zu dem ich allein den Schlüssel habe.

Dann wurde es undurchsichtig. Wörtlich: undurchsichtig. Lisi sagt: das kannst du auch garnicht anders, denn sonst müßtest du einen ganzen Roman schreiben.- Ich sage: das werde ich vielleicht auch noch tun, und dies behalte ich mir als Motto vor.- -Viel Spaß, sagt Lisi. Spät nachts jedenfalls, noch im Oktober, kommt Kesselpauke von der Reise zurück, die sehr viel länger gedauert hat, als angekündigt war. Niemand weiß, ob er etwas gehört hat und was und ob er geglaubt hat, es ist vorbei, wenn er spät kommt. Es heißt, er hat am Morgen eine Meldung von Lorma Pippergrill vorgefunden, die sie für heiß hält, die Wiardus jedoch sozusagen mit der Feuerzange in den Papierkorb wirft. Puppie meint, er hat sie ins Klo gespült. Es hat eine längere Besprechung zwischen Wiardus und Lorma stattgefunden, während der Hundekacke mehrere Male im Vorzimmer aufgetaucht ist und gesagt hat, grinsend: was tun die beiden denn bloß so lange?-

In der Ausgabe von diesem Tag druckt Wuckerzasser die

Antwort eines konservativen Altschriftstellers auf seine Serie ab, Motto: ich habe es schon immer gesagt und: ausrotten mit Stumpf und Stil. Abends im Armen Ritter erzählt Hundekacke von einem Notizbuch des Kriminalbeamten, der einst mit einer Pistole in der Hand, der falschen übrigens, er war Linkshänder, wie Queeny weiß, und einem Loch im Kopf am Rheinufer gefunden worden war. Dieses Notizbuch ist bei einem merkwürdigerweise in seiner Badewanne ertrunkenen älteren Rechtsanwalt, der vor allem in Mietstreitigkeiten die Mieter vertreten hat, gefunden worden. Dieses Notizbuch soll Hinweise enthalten auf eine Gruppe, die Geld über bestimmte, dort auch angedeutete, Kanäle in die Terroristenszene hat fließen lassen und die eine sehr gut verteilte und sehr gut organisierte Auffangmöglichkeit bereit gestellt hat, alles dies wasserdicht abgedeckt, vollkommen unverdächtig. -Wir haben, sagt Hundekacke mit einem träumerischen Augenaufschlag: vielleicht jahrelang in die falsche Richtung gestarrt.-
Am nächsten Tag Schlagzeile auf der ersten Seite: Geheime Kontakte zur Terroristenszene? Dazu dunkle, aber auf den ersten Blick nur in eine Richtung zu interpretierende Andeutungen. Niemand weiß, wie die Meldung ins Blatt gekommen ist. Die peinliche Befragung der Setzer und die Verfolgung der Spur von da aus rückwärts, die Bonapipi sofort anordnet, führt zu Kesselpauke. Der tobt. Er weiß nichts. Puppie kommt in Verdacht. Auf der hastig einberufenen Konferenz macht Queeny schamlos und kalt Andeutungen über das Verhältnis von Lorma und Wiardus. Bei dem Wortwechsel, der sich zwischen ihm und Wiardus entwickelt, siegt er mit dem Satz: ich sage doch nur, was sowieso jeder weiß.- Es wird weiter gefragt, weiter nachgeforscht. Victor und ich haben ein Alibi, in das wir Puppie mit einschließen können. Queeny grinst, er scheint das einkalkuliert zu haben. Graul ist verreist. Es bleibt an Lorma hängen. Sie macht eine Szene und geht dann weg.

Inzwischen Reaktion auf die Meldung. Wütende, massive, impertinente und drohende Reaktionen. Bonapipi nimmt alles in die Hand. Mißverständnis, übler Scherz, Trick, Sabotage heißt sein Vokabular. Ich habe einen Augenblick gedacht, er deckt Kesselpauke. Aber er tut es nicht. Kesselpauke wird vom Dienst suspendiert. Graul vertritt ihn. Lorma meldet sich krank. Victor macht ihre Arbeit mit. Drei Tage Stille. Dann eine neue Meldung mit Andeutung weiterer, genauerer Hinweise. Bonapipi tobt. Wer will ihm an den Kragen? In ausländischen Zeitungen tauchen Glossen auf: BRD-Watergate? Kesselpauke begibt sich auf die zweite große Auslandsreise, bei der er dann auf so tragische Weise umkommt. Er wird in Abwesenheit entlassen. Lorma wird entlassen. Sie fängt eine Sauftour an, die mit einem tödlichen Autounfall endet. Konferenzen, Besprechungen. Hundekacke und Wuckerzasser von all dem unberührt. Dann wird Graul entlassen. Er springt am Abend aus dem Fenster seines Büros und ist sofort tot. Es wird mir unheimlich.
Aber es folgt nichts mehr. Bonapipi ordnet sein Reich neu. Zwei fixe Jungs, an die ich mich vage von früher und, wie ich meine, im Zusammenhang mit Queeny zu erinnern glaube, werden neu eingestellt. Die größte Überraschung für uns, die Bombe, folgt auf eine lange Unterredung zwischen Bonapipi und Hundekacke. Er wird Nachfolger von Kesselpauke, behält aber die Büros, die er hat. Er übernimmt Puppie nicht, sondern schiebt sie mir zu, holt sich dafür die aufwendige Blondine, mit der ich mich seit ihrer Neueinstellung, das fällt mir plötzlich ein, genau am 1. Oktober, herumgequält habe. Victor übernimmt Lormas Arbeit, die Neuen die von Victor und Graul.
Ich bin jetzt sehr vorsichtig. Ich besitze einen Abschiedsbrief von Graul, aber ich habe ihn nicht gelesen. Seit Queeny mit seiner neuen Crew, der sich auch Wuckerzasser angeschlossen hat, den Armen Ritter besetzt hält, ge-

hen Puppie, Jonnie, Victor und ich in den Apfelbaum. Es ist dieselbe Sorte Kneipe, sie liegt etwas weiter weg, aber wir sind unter uns. Das Blatt floriert. Der Skandal hat die Auflage mit einem Ruck höher gehen lassen. Hundekacke ist clever. Er hat die Macht übernommen und schafft es. Manchmal windelweich, manchmal mit geradezu selbstmörderischer Unverschämtheit. Ist es noch Bonapipis, des alten guten ehrlichen Bonapipis Blatt? Er ist, am Ende, zufrieden, wenn die Kasse stimmt. Mehr weiß ich nicht.
Neulich, an dem ersten schönen Märzabend in diesem Jahr, bin ich mit Puppie Regenbogen zusammen weggegangen. An den Büschen in den Anlagen sieht man das erste Grün. Die ersten Amseln. Ein aufleuchtender Kondensstreifen teilt den Himmel in eine große und eine kleine, langsam nachdunkelnde Hälfte und zieht ein merkwürdig fremdartiges Schnorchelgeräusch hinter sich her. Es ist fast kein Wind. Sie sagt: er hat etwas in der Hand.- Ich frage: aber was?- -Etwas, sagt sie: das alles in die Luft jagen kann.- Ich frage: du meinst, er benutzt es noch immer?- -Ja ich glaube, antwortet sie. Der Kondensstreifen schwimmt als weitgeschwungene Federwolke, sich plötzlich rot verfärbend, in die kleinere Himmelshälfte weg. Ich sage: das ist aber doch ganz direkt gefährlich für ihn.- -Wahrscheinlich, sagt Puppie Regenbogen. -Es gibt, wenn das alles stimmt, sage ich: es muß dann doch Leute geben, die wissen, daß er was weiß. Das kann doch auch schief gehn.- Sie antwortet: unsere neuen Kollegen wissen auch was.- Sie sagt: und du weißt ja garnicht, was für eine Rolle er wirklich spielt dabei.- Ich verstehe plötzlich, was sie meint. Ich denke plötzlich an alte Zeiten, als wir, als jedenfalls ich klein war. Es ist mir plötzlich zuwider. Ich möchte aufhören. Puppie fragt: weißt du, was ich glaube?- Ich schüttle den Kopf. Ich finde es kalt. Ich möchte was trinken. Sie sagt: daß er es genießt.-
Lisi sagt: nun ist es ein Krimi geworden. Schade.- -Wieso

schade? frage ich. -So unwahrscheinlich wie eben jeder Krimi, antwortet sie. Sie sagt: es hätte ganz interessant werden können.- Sie sagt: aber es macht ja nichts, du bist ja für Krimis.- Sie fragt: findest du das denn am Ende selber noch interessant? -Ich weiß es natürlich nicht. Ich sage: es führt vielleicht in eine andere Richtung,-

CK oder Das Zutodereiten der Erzählung durch ihre Methode

Sie wollen nur gescheiter sein als die bürgerlichen Theoretiker, aber sie wollen sie nicht bekämpfen. (Hanns Eisler)
Sie hatten vor, wie es jetzt scheint, undenklichen Zeiten, obwohl sie alle schon damals im Blick der Öffentlichkeit gestanden und Wirkung ausgeübt hatten, einmal angefangen, Interessen, Informationen, Diagnosen, Spekulationen, Planungen, Hochrechnungen, Statistiken, Projektionen, Hypothesen, wie sie jeder für sich hatte und gebrauchte, gegeneinander und miteinander auszutauschen. Sie hatten nichts gegründet. Keinen Verband, keinen Verein. Sie hatten keinen Pakt geschlossen. Sondern sich einfach getroffen. Der eine den andern, der andere den dritten, dieser den wiederum anderen. Und so fort. Es wurde schon einmal, aber es wird seit langem nicht mehr, darüber gestritten, wer denn der erste gewesen ist. Diese Rolle ist allgemein Tobias Pottarsch zuerkannt worden, dem berühmten Verleger, der damals angefangen hat, sein Imperium aufzubauen. Maurus Gürtelteilje, einst Feuilletonchef, heute Zeitungsherausgeber, lange der Konkurrent in Fragen der Priorität, gibt jederzeit lächelnd, die Augenbrauen weit in die Stirn hinaufschiebend und mit vorgezogenen Schultern beide Arme weit von sich streckend, zu, daß Pottarsch der erste war, ist und bleiben wird. -Nicht nur der erste, sagt Gürtelteilje mit leichtem Zungenanschlag: sondern auch der größte.- Pottarsch sieht im Profil noch immer aus wie die bekannte Karikatur von Loriot. Von hinten allerdings gleicht er einem, den man eigentlich nur als Schulbub mit Glatze bezeichnen kann.
Ihre Interessen haben etwas Gemeinsames. Sie liegen allesamt im Bereich der Kultur. Und obwohl einige von ihnen in der letzten Zeit dazu neigen, den Begriff Medium zu

verwenden, sind sie doch im Grunde das, was man ganz allgemein Kulturinteressenten nennt. Allerdings sind sie weniger interessiert an den Inhalten der Kultur, Literatur, Kunst, Musik, Film, Radio, Fernsehn usw. und deren qualitativer oder historischer Ausbildung und Entwicklung, sie haben, dies nebenbei, immer ein paar Wissenschaftler zur Hand gehabt, die sie darüber beruhigen, sondern daran, wie diese kulturellen Inhalte sich als Ware und Distributionsobjekte verwerten lassen. Was nicht bedeutet, daß es nicht viele unter ihnen gab und gibt, die Romane oder Gedichte lesen, ins Theater und ins Konzert gehen, Bilder oder Schallplatten sammeln usw., aber dies alles privat, nicht in der Eigenschaft von Interessenvertretern, als die sie sich ja trafen und noch treffen. Das heißt, diese Interessen waren und sind nun auch nicht immer rein geschäftlicher Art, sie sind, von einem gewissen Grundstandard an, durchaus nicht darauf versessen, den größten Reibach herauszuschinden. Sondern sie strebten über das Medium Kultur nach Macht und Einfluß, sie strebten und streben danach, zu bestimmen, was gilt und was nichts gilt. Sie nannten und nennen das: ihrer kulturellen Verantwortung genügen. Sie wollten, wie manche, zum Beispiel Gürtelteilje, zu sagen pflegen, nicht untergehn sehen, was braune Flut und rote Gefahr überdauert hat. Man konnte und kann sie nicht eigentlich Reaktionäre nennen, sie lebten und leben dem Fortschritt, wenn er sich auszahlt, aber in Maßen, wenngleich zum Beispiel Gürtelteilje seine Fixierung auf Thomas Mann, oder Arno Dazumal, ein anderer Verleger, bei dessen Anblick einem unweigerlich das Adjektiv eisengrau einfällt, seine Fixierung auf den Georgekreis nie bestritten haben. Sie wollten nur einfach nicht auf jede surrealistische oder amerikanische Scheiße, auf jede konkrete Sterilität oder sozialistische Agitpropmasche hereinfallen.

Sie waren, und darin lag einer der Gründe ihrer Gemeinsamkeit, genauer: darin lag der eigentliche Grund dafür, daß sie gemeinsam hatten vorgehen können, das, was sie selber besorgt sein nannten, besorgt um das Überleben der Kultur, nicht gerade wörtlich der abendländischen, aber doch so oder so ähnlich, besorgt um den schwindenden Einfluß dieser Kultur, besorgt darüber, daß die Bemühungen um das Überleben der Kultur zersplittert werden könnten, besorgt darüber, daß destruktive Geister ihre Bemühungen zersetzen, gar von innen her auflösen könnten, besorgt überhaupt um den zunehmenden Einfluß von Verrätern, Insurgenten, Zersetzern am Geist der Kultur. Sie waren Verlagsleiter, Manager von Schallplattenfirmen, Zeitungsverleger, Zeitungsherausgeber, Feuilletonchefs, Zeitschriftenherausgeber, ehemalige und aktive Rundfunkintendanten, Theater- und Opernleiter, Medienstatistiker, Unternehmer im Bereich von Kunstgalerien und Kunstagenturen, maßgebende Persönlichkeiten in Kultusministerien und mit Kultur beschäftigten Fakultäten der Universitäten und Demoskopen. Praktiker, das heißt solche, die produktiv oder reproduktiv das herstellen, was sie lediglich vermittelten und verwalteten, kamen lediglich gelegentlich als Gäste vor.

Haben ihre Treffen tatsächlich irgendwann etwas bewirkt? Sie waren gewiß keine Kultur-Maffia, kein Geheimbund und nicht eine, wie am häufigsten geschrieben worden ist, Medien-Lobby. Obwohl alles, was nach Statuten hätte aussehen können, abwesend war, bürgerte es sich ein, vom Club zu sprechen, altmodisch mit C geschrieben, vom, da Kultur vorkommen mußte, Club Kultur, abgekürzt CK, was, wie manche aus diesem Freundeskreis mehrfach beteuert haben, auch eine scherzhaft oder unterschwellige Anspielung auf die Abkürzung ZK bedeuten konnte, indem sie nämlich in jeder Hinsicht das Gegenteil eines ZK sein wollten, sein wollen. Im übrigen erzählten sie sich einfach an einem Wochenende oder irgendwann in einer

Ferienwoche, was sie vorhatten, wie sie die Lage beurteilten, was sie vorziehen, was lieber dämpfen wollten, und die anderen kalkulierten dann eben mit ein, was sie gehört hatten, und so reihum oder hin und her. Sie standen unter keinem Druck, sich rechtfertigen zu müssen. Sie hatten keinerlei Verpflichtung, etwas zu koordinieren. Sie zogen jeder für sich eigene Schlüsse, aber sie waren soweit eines Sinnes, daß es klappte. Es war am Anfang nicht als gewiß anzunehmen gewesen, daß es klappen würde. Aber es klappt noch immer. Sie scheuten und scheuen die Öffentlichkeit nicht. Aber sie tun nichts, um sie anzulocken. Ihre Treffen waren und sind weder geheim noch exklusiv, eher an Orten, die allzu offensichtlich waren und sind, um erraten zu werden. Die Information im eigenen Betrieb, in den eigenen Medien war strikt personal. Den Ruf, das Gerücht, ja die Verleumdung zogen sie, was ihre Treffen betraf, der Nachricht, der Verlautbarung, der Pressekonferenz, der Agenturmeldung vor. Es gab im Bereich der Kultur und der Medien keine Tendenz, Bewegung, Entscheidung in den letzten dreißig Jahren, die nicht, so oder so, über den Club gelaufen wäre. Dennoch wurde nichts davon dokumentiert. Es gab sogenannte CK-Zirkulare, irregulär und inoffiziell, deren Ursprung sie anfangs mit Nachdruck aufzudecken suchten, bis Karl Kühl, der ein eigenes medienstatistisches Institut aufgebaut hatte, herausfand, daß diese Zirkulare ihre wahren Interessen eher verschleierten als aufdeckten. Seitdem kalkulierten sie sie mit ein. Einige waren gestorben, der jüngste Ende Fünfzig, der älteste Fünfundneunzig. Seit zwei Jahrzehnten hatten sie niemanden mehr neu zugelassen, Gäste ausgenommen. In der Vorstellung der meisten herrscht nicht der Gedanke an Weitergabe, Vererbung, Nachfolge, sondern der an Absichern, Einmauern, Aussterben.
Dröhnend vor mich hin erzählen. Erfindung einer Einrichtung, die es nie gegeben hat. Ausmalen einer Institution,

die es nie geben wird. Die Interessen, die hier im Spiel sind, streben zu weit auseinander. Es würde deshalb nicht klappen, weil immer einer den Drang verspüren würde zu dominieren. Oder nicht? Woran denke ich überhaupt? An eine Gruppe von Männern, die in dem, was Horkheimer und Adorno die Kulturindustrie genannt haben, den Ton angeben, nicht das Geschäft, sondern die Politik machen? Gegen Horkheimer und Adorno an Brechts Tuis gedacht? An Carl Einsteins Fabrikation der Fiktionen? In diesem Bereich, eben dem der Kultur, keine Industriebosse, IHK-Präsidenten usw., sondern, so gesehen, Kleinunternehmer, Halbstaatliche, Zweidrittelsubventionierte, Spekulanten, Hochstapler. Leute, denen Heinrich Bölls Linksdrall, wenn er verkäuflich ist und dem Gesamtkonzept nicht schadet, ebenso am Herzen liegt wie der sagen wir einmal Popstar David Bowie. Usw.
Oder Interessenaustausch als Selbstschutz? Rückversicherungen in einer Branche, in der mehr Unsicherheit mitspielt als in anderen Branchen? Denke ich an die Redakteure, Journalisten und Schriftsteller, die während des letzten Krieges in der Goebbels-Zeitschrift Das Reich geschrieben und redigiert haben und, in mehr oder weniger leitende Positionen aufgestiegen, als der Krieg zu Ende war, nun feste Rückkoppelungskontakte pflegten, nichts unternahmen, was nicht bei den anderen rückversichert war? Denke ich an den Kulturkreis im BDI, de le Roi und Moras, de le Roi und Bender und den Jahresring? Kaum. Denke ich an die Gruppe 47? Nicht an die Schriftsteller, die auf deren Tagungen gelesen haben, sondern an die Feuilletonchefs, Rundfunkhauptabteilungsleiter, Verleger, Universitätsprofessoren, Ministerialräte, die regelmäßig oder gelegentlich auch daran teilnahmen? Denke ich an die Akademien in Hamburg, Mainz, Darmstadt, Berlin, München?
Würden solche Fragen nicht bedeuten, daß etwas gemeint

ist, das es gibt und das nun hier, in der Form einer Aufzählung, einer Erzählung, einer Satire, beschrieben werden soll? Kritik an tatsächlich Bestehendem? Aufzuschlüsseln, wer wer ist? Aber was ich zu erzählen angefangen habe, ist etwas anderes. Eine Erfindung, die Teile, Teilaspekte, Einzelmomente von hier und da entleiht, aber im Ganzen etwas anderes sein will. Quintessenz von dem allen? Das wäre zu hoch. Spiel, Versteckspiel, Maskerade? Warum nicht? Was heißt aber wiederum zu hoch oder warum nicht? Eine Summe oder eine Übersetzung? Etwas ganz anderes?

Molinaeus Moeller-Müller, der kahlköpfige, hagere, knochige Zeitungsverleger mit der Habichtsnase, nimmt den Kneifer, der mit seiner Goldklammer tief in der Einbuchtung unter dem Stirnwulst ruht, ab und beugt sich zu Bob Starletti hinüber, einem der einflußreichsten Männer der Schallplattenbranche, der auch im Alter das runde rosige Gesicht mit der keck zwischen den Backen hervorstehenden, allerdings jetzt erkennbar geröteten Nase behalten hat, in dem die schwarzen Knopfaugen unruhig hin und her fahren, während der krause Lockenkopf eine schmutziggraue Farbe angenommen hat. Die engeren Interessengebiete von Moeller-Müller und Starletti überschneiden sich nicht, umso unzertrennlicher sind sie privat. Der Zeitungsverleger ist ein großer Musikliebhaber, und manche Repertoireerweiterung ließe sich bis auf ein abendliches Gespräch zwischen den Freunden zurückverfolgen. Ein angenehmes, die Nerven glättendes und immer mit Vorfreude erwartetes Geplauder ersetzt die Absprache, was nicht besagt, daß diesem Geplauder nützliche Züge fehlen. Denn umgekehrt ist Starletti ein Mann von sicherem, weitschauendem und klarem politischem Urteil, was für Moeller-Müller Vorteile hat. Daneben Mephistopheles Mittelweg-Engelszunge, ein Zeitschriftenherausgeber. Nahe Siebzig, hat er noch immer die Figur und die Hüften eines Balletttänzers, dabei das Haar eines Operettendirigenten und den Bart eines Gartenzwergs. Mittelweg-Engelszunge hat eben eine Auseinandersetzung mit seinem Gegenüber gehabt, dem Demoskopen Rodolfo Schleim, der in seiner Jugend das gehabt hat, was man ein Backpfeifengesicht nennt, der auch jetzt, als alter Mann, noch ein Backpfeifengesicht besitzt; aber treppenförmig von Hautfalten überhängt, hat das Backpfeifengesicht etwas zugleich Nachdenkliches und Verschmitztes bekommen. Schleim hat eben die in den letzten Jahren aufgekommene These von der Verlagerung des gesamten Zeitungs- und Zeitschriftenwesens in den Bereich der elektronischen Medien vertreten, etwas, das Mittelweg-Engelszunge haßt, das ihn bis aufs Blut reizt, besonders dann, wenn das, wie bei Schleim, eher im Scherz, wenn man das so genau bei ihm unterscheiden kann, mit Beispielen aus der Literatur der Science-Fiction, diesmal mit Stranger in a Strange Land von Heinlein, illustriert wird.

Eine Skizze. Erfundene Namen. Erfundene Beschreibungen. Erfundene Argumente. Absurde Namen. Absurde Beschreibungen. Konkrete Argumente. Halbsymbolische Namen, Karikaturen, tatsächlich verwendete Argumente. Was denn? Das alles zugleich? Das alles zugleich. Zeit? Heute oder morgen. Vielleicht übermorgen. Ein weiteres Treffen. CK: Club Kultur. Ein Jubiläumstreffen? Kaum. Eher Routine. Ein besonderer Anlaß? Vielleicht. Zum Beispiel? Einführung eines kommerziellen Fernsehens. Oder Erschließung des Buch- und Zeitschriftenmarkts in sozialistischen Staatsgebieten, verbunden mit der Koordinierung der dortigen Produktion. Oder neue Vorstöße in der Zusammenarbeit zwischen Kritik und Werbung, mit Rückwirkung auf die Planung der zu erwartenden Produktion. Oder bessere Methoden zur Früherkennung von ausbaufähigen Talenten und Abgrenzung einer mittelfristigen Tendenzvoraussage.

-Auf dem Gebiet der Musikinterpretation sind doch in den letzten Jahren erstaunliche Erfolge erzielt worden, sagt Moeller-Müller. Starletti, angesprochen, fährt fort: ich darf sogar hinzufügen, daß wir durch die genauere Planung in der Entwicklung von Spezialisten und Virtuosen im Reproduktionssektor auch zumindest einen Teil der Neuen Musik, der ja bislang von Zeit zu Zeit zu besonders ausgeprägter Erratik neigte, besser in den Griff bekommen haben.- -Musik, wirft Mittelweg-Engelszunge ein, wobei ihm Tobias Pottarsch schwermütig Zustimmung nickt: hat es eben nicht in dem Sinne, wie es in der Literatur der Fall ist, mit Inhalten zu tun. Die unberechenbarsten erratischen Abweichungen, mein lieber Molinaeus, sind doch dort zu verzeichnen, wo Leute, die nur Eindrücke von einer Sache vermitteln können, eben Schriftsteller, nun auch die Inhalte beherrschen zu können glauben.- Moeller-Müller beachtet den Einwurf nicht, fährt vielmehr, seinem Freund Starletti zugewendet, fort: wäre es nicht sogar unehrlich, vortäuschen zu wollen, daß ihr eure Repertoirepolitik ausschließlich von Uneigennützigkeit bestimmen lassen würdet? Daß kommerzielle Erwägungen nicht auch eine wichtige Rolle bei der Auswahl des Programms spielen?- -Nun ja nun ja, antwortet Starletti: in der Tat hat die Schallplattenindustrie mit gewissen Projekten neue Maßstäbe gesetzt, eine vorwiegend kreative Komponente der darstellenden Künste beflügelt und auf diese Weise Neuland beschritten, ohne doch das Geschäft aus dem Auge zu lassen. Und was, wenn nur die Musikliebhaber unseren Anregungen zu folgen gewillt sind, tun wir da nicht für die Bildung!- Moeller-Müller nickt mit der Habichtsnase wie ein Vogel und kichert beifällig, ein wenig senil, vor sich hin.

Der, wie schon erwähnt, durch und durch eisengraue Verleger Arno Dazumal sitzt in einer Ecke zusammen mit seinem Kollegen von der katholischen Fakultät, der auch als Herausgeber einer der liberalsten konfessionell gebun-

denen Wochenzeitschriften zeichnet, Pater Papillote, dem Generaldirektor einer Produktionsfirma für Fernsehfilme, Hermann Neulich, und dem Medienstatistiker Karl Kühl, einem superkonservativ gekleideten, kleinen nervösen Mann mit gesträubter Bart- und Haarbürste. Mit beiden Händen über den Tisch fahrend, sagt Kühl: wie problematisch die Einteilung der Welt in quantitative und qualitative Phänomene ist, haben Philosophen und Wissenschaftstheoretiker immer wieder begründet. Den unheilvollen Gebrauch, der davon auch bei der Definition des Programmerfolgs bei Verlagen, beim Schallplattenmarkt oder beim Fernsehangebot gemacht wird, belegen lapidare Feststellungen wie die, die sagt: am einfachsten sind Quantitäten meßbar.- Kühl lupft sich vom Stuhl, ein komischer kleiner eifriger vergreister Jüngling, ruft, vor Aufregung in den heimatlichen Dialekt fallend: so isch a wieder net. So isch a wieder net.- -Wie denn dann? fragt Hermann Neulich, ein großer fleischiger Mensch mit einem breit nach oben ausladenden Schädel: wie denn dann?- -Messen, ruft Karl Kühl: bedeutet nämlich nichts anderes als quantifizieren. Wenn also das Qualitative schlechthin das bisher noch nicht befriedigend Quantifizierbare beschreibt, dann können doch die Quantitäten des Programmerfolgs nicht einfacher als seine Qualitäten meßbar, nämlich quantifizierbar sein?-
-Gelesen von einer Generation nach der anderen, fährt an einer anderen Stelle Arno Dazumal, zugleich grämlich und militärisch bestimmt, fort: weltweit empfohlen, gehegt und gepflegt von all denen, denen die Liebe zur schönen Literatur noch nicht erstorben ist, gibt es Bücher, die für immer weiterleben in Herzen und Hirnen in aller Welt.- Er sagt: Werke, die fortfahren, Gedanken und Gefühle zu fesseln mit dem Glanz und der Atmosphäre ferner unbekannter Länder und dem unbeschreiblichen Abenteuer des Lebens.- -Bücher, die geliebt worden sind, geliebt werden und geliebt werden werden, fällt ihm Moeller-Müller ins

Wort. Dazumal schließt den Mund wie eine Falle und blickt den hageren Kollegen finster an. -Ich wußte gar nicht, sagt dieser: daß du deine Werbung selber schreibst.Er blickt sich um. Sein Auge trifft das große braune melancholische brillenverschwommene vorwurfsvolle des Pater Papillote, was Moeller-Müller peinlich ist, denn er ist stolz darauf, ein Aufklärer zu sein, der die Metaphysik in ihre historisch gesetzten Schranken verwiesen hat.

Der Ort könnte Dannenberg sein, eine Kleinstadt, eigentlich ein Flecken, nahe der Elbe, östlich von Lüneburg. Es könnte eine zufällig zustande kommende Indiskretion eine Rolle spielen, dadurch, daß der Schriftsteller Nicolas Born, der in Dannenberg ein Arbeitszimmer gemietet hat, auf der Straße Mittelweg-Engelszunge trifft, den er aus Hamburg kennt, etwas, das er abends dort, wo er wohnt, in der Dorfkneipe erzählt, von wo es wiederum ein Besucher mitnehmen und weitertragen könnte. Ein Ort jedenfalls, der bei allen historischen, geographischen, topographischen, klimatischen Unterschieden doch die gleiche Mischung aus restauriertem Altbestand und lieblos nach dem Muster von Architekturzeitschriften neu Gebautem zeigt, die gleichen strebsamen Erfolgstypen und den gleichen Anteil widerstrebender jugendlicher Diskothekbesucher wie irgendeine Stadt mit der gleichen Einwohnerzahl im Süden, Südwesten, Westen, Nordwesten, hohen Norden oder in der Mitte. Ein gut bürgerliches Hotel in Familienbesitz mit gut bürgerlicher, gediegener Küche, Spezialität Hirschbraten, wegen der umliegenden Wälder, und Kronsbeeren. Es ist Herbst. Die langen geraden Straßen liegen in der blassen Sonne, die tief steht und das Rot der Backsteinwände aufleuchten läßt. Wenn die Schatten am Nachmittag länger werden, verwandelt sich das Rot der Backsteinwände in ein tiefes Violett. Es ist Pilzzeit. Die Nächte sind kühl und hellhörig.

Ein Rundgespräch könnte, noch einmal, einmal noch wie

schon früher, als Eduard mit Ottilie Wildermuth, d'Alembert, Ottilies Brüdern, d'Alemberts Frau, der Schildkröte und Dr. Samuel Johnson zusammensaß, stattfinden. Quirinus Hauderer, der ehemalige Rundfunkintendant, was sollen wir überhaupt senden, der lange Jahre hindurch eine Stütze des Clubs gewesen ist, vermutet, daß zur Ausbildung einer vernünftigen Identität auch Herrschaft und Autorität gehört. Hans-Jürgen Scarbanenco, nicht zu verwechseln mit dem verstorbenen italienischen Krimiautor, einer der Vertreter der Galerie- und Kunstbranche, sagt: die Leute lechzen einfach nach etwas, das man als echte Kunst bezeichnen kann.- Hauderer fragt: lechzen die Leute?- Scarbanenco antwortet: für die programmbezogene Erforschung eines jeden Mediums müssen die angestrebten Erfolgsdimensionen des jeweiligen Programmauftrags spezifiziert werden. Das bedeutet, daß die Kommunikatoren konkretisieren sollten, worin sie mit diesem oder jenem Angebot die Ausfüllung des Programmauftrags sehen.- Hermann Neulich wirft lächelnd ein, daß es zur Funktion jeder Kunst gehört, Bewußtseinsräume zu erweitern. Rumold Ruschelrute, Leiter eines Musikverlags und verantwortlich für eine traditionsbeladene und traditionsbewußte Musikzeitschrift, ein weißhaariger nichtssagender Mensch, der sonst mehr durch Schweigen als durch Reden von sich reden macht, wagt doch einmal die Frage: gehört es zur Funktion der Kunst, Bewußtseinsräume zu erweitern?- Mittelweg-Engelszunge wiederholt: die Leute lechzen einfach nach einem Buch, das man als echte Literatur bezeichnen kann. Und somit gehört es auch zur Funktion der Literatur, Bewußtseinsräume zu erweitern.- Die Leute lechzen in der Tat, sagt Scarbanenco, indem er sein Glas hebt und gegen das Licht der Hängelampe hebt, sodaß der Rotwein aufleuchtet: sie lechzen überhaupt nach etwas, das man als echt bezeichnen kann.- Es entsteht eine Pause. Der Sitzungsraum, der für den öffentlichen Verkehr gesperrt worden ist, hat ein gemütliches Licht. Der Wein ist vorzüglich, das Bier bodenbeständig, der Schnaps auch, für exotische Gelüste ist Sorge getragen. Im Hintergrund lehnt der Altbesitzer an der Wand, die Arme über dem umfangreichen Bauch verschlungen, stolz lächelnd, als sei dies hier ganz und gar sein eigen Werk.

Nun spricht Hermann Neulich: die Quantifizierung des Unternehmererfolgs beschränkt sich ja nicht auf irgendwelche natürliche Mengenkategorien, sondern schließt höhere Werte ein.- Scarbanenco korrigiert: sie sollen höhere Werte einschließen, wenngleich Ziel jeden unternehmerischen Handelns eine angemessene Kapitalrendite auf längere Sicht ist.- Hauderer, der etwas rasch getrunken hat, wiederholt: es gehört zur Funktion jeder Kunst, Bewußtseinsräume zu erweitern.- Plötzlich blickt Tobias Pottarsch auf. Mit der Stimme, die gewohnt ist, andere Stimmen zu übertönen, spricht er: die Theorie aber ist gleichsam der ehrliche Makler, der gegensätzliche Grundwerte und Standpunkte, aber auch widersprüchliche Handlungsanweisungen und Verfahrensregeln gegeneinander abwägt, miteinander zu versöhnen strebt.- Der Demoskop Schleim, dem es, volltrunken, gelungen ist, seinem Backpfeifengesicht in glänzender Röte die ursprüngliche Backpfeifenqualität zurückzugewinnen, ruft: da bricht flugs die große Kehrwoche an, in der Intellektuelle und Künstler zu Sympathisanten gestempelt werden können, damit sie eliminierbar sind!- Gürtelteilje schüttelt, gebeugten Nackens, so heftig den Kopf, daß es aussieht, als habe seine hin und her schwingende Nase ein eigenes Gelenk. -Mein lieber Rodolfo, sagt er: du verwechselst kontrollieren und eliminieren.- -Ist es denn nicht dasselbe? fragt Schleim und lächelt von einem Ohr bis zum andern.

Dröhnend vor mich hin erzählend noch einmal zurückgefallen in alte Methoden. Zufällig ausgewählte Zitate nach dem Gesetz des Zufalls in definitive Wiederholung und

Reihenfolge gebracht. Zufällig bestimmte Namen nach dem Gesetz des Zufalls in definitive Wiederholung und Reihenfolge gebracht. Hauderer Scarbanenco Hauderer Scarbanenco Papillote Ruschelrute Mittelweg-Engelszunge Scarbanenco Papillote Scarbanenco Hauderer Pottarsch Schleim Gürtelteilje Schleim. Das Authentische des Zitats und der Quatsch des Ausgedachten ganz und gar ineinander. Das überlegt Kalkulierte und das leichtfertig Hingeschriebene ganz und gar durcheinander. Soll ich weiter gehn? Ausmalen jene Herbsttage in diesem Knick- und Weideland, hügelan hügelab, dazwischen Wälder, stillgelegte Nebenarme der Elbe mit Uferstücken, altersbrüchige Holzstege unter buschigen Weidenbäumen, Landschaften wie von Ruysdal oder van Goyen? Das helle Licht von Anfang Oktober, Sonne zwischen verwischten Wolken, Geruch modernden Laubs, Pilzgeruch, Seegeruch, Flußgeruch, Geruch von Herbst, Geruch des Endes, das so weit scheint und doch so nah ist? Traurigkeit dieses Geruchs, die doch auch zum Lächeln nötigt, weil man eingesehen hat. Was eingesehen? Ach, nichts Bestimmtes. Eingesehen einfach. Wer anfangen wollte aufzuzählen, würde schwerlich zu Ende kommen.

Sicherlich müßte man annehmen, daß mehr Personen zu diesem Treffen gekommen sind als die, die ich namentlich aufgezählt habe. Vergessen habe ich die Frage der Gäste. Den anwesenden Altschriftsteller zum Beispiel, der, in Kord und Leder gekleidet, wie eine Steckrübe aussieht, mit einem Kopf, der wie eine Steckrübe aussieht. Er hat während dieser Tage und Nächte stumm und ernst dabeigesessen und nur seinen Ruf als Vertilger großer Mengen alkoholischer Getränke jeder Art und Stärke verteidigt. Wir sind am Ende angekommen. Was soll ich sagen? Nun, machen wir Schluß.

Noch einmal sucht Tobias Pottarsch für das nächste Treffen ein brennendes Thema. Noch einmal warnt Arno Dazumal vor allzu sachbezogenen Themen und sucht nach der Sprache in dürftiger Zeit. Dieser Vorschlag ist Molinaeus Moeller-Müller ungemein sympathisch, und er versucht noch einmal, die uns noch gemeinsam gebliebene Sprache unter den normativen Hut zu pressen. Noch einmal möchte Mephistopheles Mittelweg-Engelszunge sich keine Mutter aneignen, die garkeine richtige Mutter ist. Noch einmal bittet Maurus Gürtelteilje, Vorschläge zu machen, die vielleicht noch durch den Kopf gehen mögen. Und noch einmal fruchten für Molinaeus Moeller-Müller abstrakte Gedanken nichts ohne personale Exekutionsstrategie. Pater Papillote hat unterdes in seiner Hose einen Reißverschluß entdeckt, der in der Mitte weder auf noch zu geht. Arno Dazumal muß nun einfach mal mit der Parataxe arbeiten. Tobias Pottarsch hat die rasche Handhabung der Sprache gestört. Mephistopheles Mittelweg-Engelszunge verlangt mehr als die bloße Information. Maurus Gürtelteilje meint offenbar, daß die Hände in die Hosentasche stecken und auf den Fußballen wippen schon einen populären Redner macht. Arno Dazumal weiß vom Wissen über den Jammer der Beziehungen zu berichten. Tobias Pottarsch findet endlich, daß nun alles gesagt worden ist.

Die Abschlußfeier ist früher mit Damen gefeiert worden. Doch je mehr sich der Gedanke der Emanzipation allgemeiner Übereinkunft nähert, umso stärker wird der Widerstand dagegen. Die Verteidiger sind in der Minderzahl. -Ach, ruft Arno Dazumal, dessen Eisengrau nicht vor Sentimentalität im angetrunkenen Zustand bewahrt: einmal noch einen deutlich abgesetzten, runden, harten Backfischhintern in der Hand halten!- -Ekel erregend, murmelt Mephistopheles Mittelweg-Engelszunge, jede Silbe einzeln betonend, böse. -Mein lieber Mephi, erwidert Tobias Pottarsch, das sind doch alles nur Gradunterschiede. An was denken denn wir?- -Eher, sagt Mephistopheles Mittelweg-Engelszunge, noch immer böse, aber nicht ohne eine Bei-

mischung von Zärtlichkeit, an deinen Arsch, Pottarsch, als an Backfischhintern.-
Am Ende spielen sie eine Art Gesellschaftsspiel. Das Jahr über, zwischen den Treffen, haben sie Sätze gesammelt, die ihnen besonders unverständlich und infolgedessen komisch vorkommen. Die lesen sie sich nun vor. Der Altwirt mißt mit der Stoppuhr die Zeitdauer des Gelächters. Der, über dessen Satz am längsten gelacht worden ist, wird zum Sieger erklärt. Zwischen den Lachern sind bis zu dreißig Sekunden Pause zugelassen. Bei längeren Pausen wird nicht weiter Zeit genommen. Mephistopheles Mittelweg-Engelszunge erregt diesmal das längste Gelächter. Er liest einen Satz von Hegel vor, den ihm jemand geschenkt hat. Der Satz lautet: jener Demos, die allgemeine Masse, die sich als Herrn und Regenten, so wie als den zu respektierenden Verstand und Einsicht weiß, zwingt und betört sich durch die Besonderkeit seiner Wirklichkeit und stellt den lächerlichen Kontrast seiner Meinung von sich und seines unmittelbaren Daseins, seiner Notwendigkeit und Zufälligkeit, seiner Allgemeinheit und Gemeinheit dar.-
Das Gelächter will kein Ende nehmen. -Jener Demos, der sich zwingt und betört durch die Besonderkeit seiner Wirklichkeit, ruft Rodolfo Schleim. -Die Masse, die sich als Herrn und Regenten weiß, brüllt Maurus Gürtelteilje. -Notwendigkeit und Zufälligkeit, Allgemeinheit und Gemeinheit, jubelt Hans-Jürgen Scarbanenco. Dann geschieht es. Pater Papillote, der aus dem Bewußtsein geistlicher Würde, aber auch infolge natürlicher Besinnlichkeit immer nur zögernd in die allgemeine Fröhlichkeit einstimmt, schrumpft, als er sich ungehemmt dem ersten Lacher hingibt, plötzlich um ein Stück ein. Und nun beginnt, mit jedem weiteren Lacher, ein allgemeiner Verkleinerungsprozeß. Bei einigen rascher, bei anderen langsamer. Am langsamsten bei Pottarsch, Dazumal und Ruschelrute, dem nichtssagend aussehenden Schweiger. Sie schrumpfen,

bis sie als winzige Greisenbabys oder Babygreise in den Rundungen der Polsterstühle hin und her kugeln. Um dann, Tränen lachend, völlig zu verschwinden. Nur der Dichter Steckrübe, der ernst und volltrunken dabei gesessen hat, bleibt übrig. Die letzten Worte, die überliefert werden, stammen von, wie könnte es anders sein, Mephistopheles Mittelweg-Engelszunge. Zwischen zwei Gelächtern stößt er hervor: und wißt ihr, von wem ich den Satz habe?- Ohne auf Antwort zu warten, fährt er fort: von dem, der uns hier zu beschreiben versucht hat, von unserem eigenen Autor.-

Lochkartenesserinnenherbst

Eine Angestellte in einer Datenverarbeitungsanlage hatte einmal dort so lange gearbeitet, daß sie eines Tages anfing, einige der Lochkarten zu zerstückeln und aufzuessen. Mit einem gewissen Genuß, zumindest am Anfang. Nachdem lange vergeblich nachgeforscht worden war, wohin einzelne Daten verschwunden sein konnten, wurde die Lochkartenesserin entlarvt, als sie sich eines anderen Tages den Magen verdarb und in ein Krankenhaus eingeliefert werden mußte.
Mehr ist dazu eigentlich nicht zu sagen.

Linguistenherbst

Zwei amerikanische Linguisten trafen einander, als sie schon etwas älter waren, einmal und vollzogen einen Sprechakt aneinander. Wozu eigentlich nichts weiter hinzuzufügen wäre, es sei denn, daß niemand weiß, ob die Linguisten sich nicht in Wirklichkeit bloß einfach über das Wetter unterhalten haben oder ob es ihnen diesmal gelungen ist, den Gang der Weltgeschichte auf den, wie es Hans Wollschläger ausgedrückt hat, Satz zu reduzieren: Karlchen fährt Roller.

Autorenherbst

Es war einmal ein Schriftsteller, der hatte sich vorgenommen, eine Geschichte zu schreiben, in der nur von Eß- und Trinkgewohnheiten, Verdauungsvorgängen, sexuellen Verhaltensweisen und vom Schlaf die Rede sein sollte. Ob etwa jemand gern Fisch ißt oder Käse, welchen Käse, welchen Fisch, wie zubereitet. Ob etwa jemand lieber Milch oder Bier, Wein, Tee oder Genever trinkt, welche Sorten es gibt, was wie wirkt, innersekretorische Vorgänge u. s. w. Wer sich etwa wie wem sexuell nähert, frontal, rektal, anal, manuell oder sadomasochistisch. Schlaf, wie, wie lange, wie gut, wie schlecht, Träume, was für Träume u. s. w. Als er, nachdem er eine fast unübersehbare Menge an Material gesammelt hatte, anfangen wollte zu schreiben, fiel ihm auf, daß er eine vollkommen unpolitische Geschichte schreiben wird. Nun sitzt er da und denkt darüber nach.
Mehr kann ich eigentlich dazu nicht sagen.

Walter Benjamin Herbst

Der Schriftsteller Walter Benjamin kam in seiner Zeit, weil er Jude, Kommunist und Intellektueller zugleich war, in immer größere Schwierigkeiten, bis er sich, auf der Flucht vor den Truppen Adolf Hitlers, das Leben nahm. Nahm er sich das Leben? War er nicht schon längst vorher, als er noch, wie man sagt, lebendig unter den Lebenden weilte, ganz und gar verschwunden in den Traum, den er zu erzählen versucht hatte und der ihn nicht mehr freigeben sollte?
Mehr möchte ich eigentlich dazu garnicht sagen.

Buchhändlerherbst

Ein älterer Buchhändler las einmal ein Buch, in dem ein älterer Buchhändler ein Buch las, in dem eine ältere Buchhändlerin einem älteren Buchhändler einen Kuß gab. Ach, sagte der Buchhändler und seufzte: was soll ich mit meinen Gedanken machen, wo soll ich, was sie denken, hintun? Ich kann nur zugleich weinen und lachen und an deiner Schulter ruhn.
Mehr ist dazu eigentlich nicht zu sagen.

Professor Hans Mayer Herbst

Der Professor Hans Mayer hatte in seinen späteren Jahren, sei es aus Verantwortungsbewußtsein gegenüber der öffentlichen Meinung, sei es aus Angst vor der auch ihm davon laufenden Lebenszeit, manchmal soviele Verpflichtungen in so kurzen Zeitabständen übernommen, daß er auf der Jagd von Termin zu Termin sich selber nicht mehr zu folgen vermochte. Er hat sich bisher immer wieder eingeholt. Aber vielleicht, eines Morgens, erwacht er in einem wunderschönen Bett in einem wunderschönen vornehmen alten Hotel der Vaterstadt, sich selbst abhanden gekommen. Wird er glücklich sein?
Mehr möchte ich dazu eigentlich nicht sagen.

Uwe Herms Herbst

Der Dichter Uwe Herms, dem es wie anderen Dichtern auch manchmal gelang, sich dichtend aus den ihn umgebenden Umständen zu entfernen, vergaß einmal auf einer öffentlichen Veranstaltung, während er sprach, so vollkommen, wo er sich befand, daß er auch körperlich vor den Augen der verblüfften, verwirrten und erschreckten Zuhörer verschwand. Man weiß bis heute nicht, wo er geblieben ist.

Dem kann ich eigentlich nichts weiter hinzufügen.

Dichterherbst

Ein nicht mehr ganz junger Dichter, der, um den Lebensunterhalt für seine Familie zu bestreiten, eine Angestelltentätigkeit ausübte, stieg, infolge seines Desinteresses an den allgemein geübten Intrigen oder weil er infolge seiner Naivität die anderen darin übertraf, immer höher, bis sein Tageslauf nur noch mit Hilfe eines von seinen beiden Sekretärinnen kontrollierten Terminkalenders zu überschauen war. Das ist an sich nicht ungewöhnlich. Überraschend war, daß er schließlich auch seine Gedichte nur noch nach dem Terminkalender schreiben konnte.
Mehr ist dazu eigentlich nicht zu sagen.

Desintegration des Sammlers

Der Mensch der Klassik war der Gebildete. Der beherrschte Dilettant, in dem ein Stoffwissen das andere reguliert, der viel Material sammelt, sogar anpaßt, um stets imstande zu sein, zu unterhalten und von sich belustigt zu werden. Der das bereits Rationalisierte aufnimmt. Der gebildete Mensch ist ein echtes Staatsgeschöpf, geschickt und stets von tausend Dingen abgezogen: Vor allem ist es sein Interesse, daß alles in bester Ordnung bleibt, denn diese hält ihm seine Welt zusammen, nicht ein zentraler Fanatism. Der Gebildete ist eine Sammlung von Fragmenten, die schön geordnet ist. (Carl Einstein)

Feuchte Uferwiesen, hat er gedacht, als er aus dem D-Zug-Fenster auf den Main hinausgesehen hat: das ist auch etwas, das sich in mir ansammelt. Es hat fast keine Differenz bestanden zwischen der Oberfläche der Wiese und der Oberfläche des Flusses. Tiefliegende schwarze Lastkähne haben eine flache Bugwelle, die wie stillgestanden ist, über die Wasserfläche in die Wiese geschoben. Hier und da hat es den Anschein gehabt, als ob es keinen Unterschied zwischen Wiese und Fluß mehr gibt. Zwischen den näher und ferner tretenden Hügeln Wolken wie Nebelschwaden. Ein Dampfturm hat wattig senkrecht in die Wolken hineingestanden und ist oben in fast rechtem Winkel abgeknickt. Er hat gedacht: an was erinnert es mich nun eigentlich? Er hat die Wiesen an einem anderen Fluß gesehen, der Ems heißt und seine Jugend beeindruckt hat. Er hat die Emswiesen gesehen zu verschiedenen Jahreszeiten, voller Butterblumen im Juni, zugefroren im Januar, dampfend im September. Er hat das Ufer der Elbe gesehen bei Königreich Pfingsten 1938 oder Ende Juni 1946 oder an einem sonnigheißen Septembernachmittag 1976 oder vorige Wo-

che südlich Hitzacker mit Nicolas Born zusammen. Andere Flüsse, andere Ufer.
Er hat sich gefragt, was es ist, das sich da angesammelt hat: Erinnerungen, Bilder, Gefühle, Vergangenes, Vergessenes? Uferwege, Landestege, Landungsbrücken, Deichperspektiven, die Canalettoperspektive eines leeren Sandstrands, Seen, Seeufer, Seeuferschilfstreifen, Litauen 1941, Ammersee 1964? Wasser muß es sein, hatte der Wassermaler gesagt, hat er gedacht.
Kann man das sagen? Er hat sein Leben lang Wassermaler gesammelt? Gesammelt, was sich eigentlich nicht sammeln läßt? Nicht etwas, das sich anhäuft und auch nicht etwas, das sich systematisch ordnen läßt. Angesammelt sich aufeinander legt und so gut wie keinen Platz einnimmt, aufeinander, übereinander wie ineinander gestampft. Immer ja, wenn das eine sich wachruft, das andre schon mitgerufen. Eine Gruppe von völlig gleich gekleideten, gleich aussehenden Knaben sind am Gangfenster vorbei durch den in einer Kurve aufrüttelnden D-Zug-Gang auf und ab gestampft: schwarze Hosen mit roter Biese, blaue gebauschte Hemden, weiße grinsbackige Gesichter, lockige blonde Haare. Bewegendes, das sich im Bewegten bewegt.
Unter Sammeln und Sammlern versteht man natürlich eigentlich systematisches Sammeln und Sammler, die systematisch sammeln. Briefmarken zum Beispiel. Es gehört auch dazu, daß die Kategorie von Gegenständen, die einer so sammelt, endliche Abgrenzungen hat und überschaubar bleibt. Wer Briefmarken sammelt, weiß, auch wenn er es schlechthin tut, daß es ein endliches, endlich erreichbares Ziel gibt. Was ihn hindern kann, es zu erreichen, sind wiederum endlich abgrenzbare Realitäten: Geld, Konkurrenten, Lebensdauer. Käfer. Der Schriftsteller Ernst Jünger hat ein Leben hindurch Jagd auf Käfer gemacht und Käfer gesammelt. Er hat aus dem, was er die subtile Jagd nennt, eine Art Literatur, ja Lebensphilosophie gemacht.

Er sieht die Sammlung der Käfer mit all den verschiedenen Größen, Formen, Farben, Lebensgemeinschaften, in denen Käfer vorkommen, als ein Abbild der Welt überhaupt. Er erinnert sich an die Plätze und Situationen, an denen und in denen er ein besonders rares Exemplar gefunden hat, und er erbaut sich an der Erinnerung.
So gibt es andere Sammler, die anderes sammeln, das es in endlicher Menge von Art, Form, Farbe, Topologie u. s. w. auf dieser Erde und in diesem Leben gibt. Bierdeckel zum Beispiel oder Streichholzschachteln. Es gibt Sammler von Spielkarten, Zauberbüchern und Stoffdrucken. Sammler von Kuchenformen, Gläsern, Porzellan, Fayence, Münzen, Waffen, Autos und Lokomotiven. Sammler von Hirschgeweihen, Schmetterlingen, Muscheln, Herbarien, Edelsteinen, Versteinerungen, Sammler von Handschriften, Autographen, Tagebüchern, Erstdrucken, Spieluhren, Spielautomaten, Comicsheften und Kitschpostkarten. All dies sammelt er natürlich nicht.
Vielleicht hat er etwas später, während der Zug sich durchs Taubertal und später ins Jagsttal hinüberbewegt, mitten hinein, so scheint es, in eine einzige überlaufende Regenwolke, die Fenster, wie unter Wasser, von Regen umspült, Landschaft zusammengesintert zu vagen waagerechten Graustreifen, gedacht, in den Sitz zurückgedrückt, schräg in die Wasserlandschaft hinausblickend: hätte ich Musikinstrumente sammeln können!- Er hat sich an das Entzücken erinnert, das ihn in Musikalienläden vor der Fülle der Musikinstrumente überwältigt hat. Er hat sich daran erinnert, daß er sich einmal, als er gar kein Geld dafür hatte, eine ganze Wohnung voller Gongs gewünscht hat. Er hat sich jetzt an die chinesische Laute erinnert, die er vor einer Woche gesehen hat.
Allerdings hat er Maxe gesammelt, jetzt im siebenten Jahr. Historische, literarische, gestorbene und lebende Maxe. Alle verifizierbar. Alle Maxe seines Lebens. Auch Firmen

wie Foto-Max, Max Coiffure, beide in Zürich, oder Max Body Wrap. Er hat einmal etwas Max widmen wollen, was nie zustande gekommen ist, und hat nicht den einen Max, den er kennt, vor dem anderen kränken wollen. So hat er angefangen, alle zu sammeln. Er hat jetzt 647. Einige der schönsten: Max Kuraskiewiz, Max Mitterbichler, Max Pfannenstiel, Max Rduch, Max von Riccabona, Prinzessin Max zu Schaumburg-Lippe Herzogin von Württemberg und, der letzte im Alphabet: Max Zwillitilli.

Er hat auch, Max on the Pleasure Front, Max auf der Freudenjagd, Lebensläufe gesammelt, aber möglichst normale, alltägliche, ereignislose, bürgerliche, deprimierende Lebensläufe, bei denen am Ende nur herauskommt, daß die Illusion nicht eingelöst wird. Er sammelt die Falten im Nacken alter Männer und bewahrt den Anblick dieser tief eingegrabenen, schmutzigen, unbeachteten Rinnen auf in seinem Gedächtnis. Er sammelt das Zucken von Mundwinkeln, Schultern, Händen, Augenlidern, Kinnen, Knien, Fußspitzen, Achillesfersen bei Anverwandten, Bekannten, Kollegen, völlig Fremden während geselligen Zusammenseins, auf Sitzungen, Versammlungen, Konferenzen, während Podiumsdiskussionen, Fernsehauftritten, in Straßenbahnen, U-Bahnen, D-Zug-Großraumwagen, Gaststätten, auf der Straße oder hinter dem Steuerrad eines Autos.

Er sammelt Verfärbungen, Klangfarben der Solovioline, Enescos Chaconne, Platten mit Dimitri Mitropoulos, geometrische Muster, die emotional besetzt sind, Paolozzis Empire Moonstrip News, Boxen von Samaras, er sammelt den Anblick von Holzhütten im Wald, die Aussicht auf flach langhin ansteigende Wiesenhänge, Gegenden, die Im Wiesengrund heißen. Er sammelt, wenn man so sagen kann, Heinzelmännchen in lebendem Zustand, Riesenvögel, die es nie gegeben hat, und wunderschöne Prinzessinnen mit Entenfüßen.

Es hat vielleicht mit den abgelegeneren Bezirken des Ge-

müts zu tun, hat er gedacht, während der Zug sich aus der Regenwolke hinaus neckaraufwärts auf Heilbronn zu bewegt, in einen Abendhimmel hinein, in den nun ein paar Streifen Blaßblau eingelegt sind, die Sicht wird klarer, der Himmel verblaßt und verfärbt sich zugleich. Er hat vor langer Zeit einmal die Formen von weiblichen Waden gesammelt, aber, so hat er jetzt gedacht, es ist eigentlich nichts davon übriggeblieben, es ist mir jetzt wie etwas aus einer verlassenen Existenz, als ich andere Vorstellungen gehabt habe. Kann man sagen, daß er jetzt, in dieser gegenwärtigen Existenz, schöne Ohren sammelt oder Sexualsymbole? Schöne Ohren. Es gibt so wenige, wenn man genau hinsieht. Genauer, es gibt mehr charakteristische als schöne. Und was ist die Schönheit eines Ohrs? Er hat sich plötzlich, während der Zug den Heilbronner Hauptbahnhof verläßt, an das schöne Ohr jener dicken, älteren Frau erinnert, das er einmal in einer Straßenbahn gesehn hat: groß, frei vom Kopf abstehend, vollkommen durchmodelliert, gleichmäßig in all seinen Proportionen mit einer entzückend einwärts gedrehten Muschel und frei abgesetztem, rundem Ohrläppchen.
Sexualsymbole. Er hat Groddeck gelesen. Er hat, während der Zug die Schleife durch Bietigheim-Bissingen nachzieht, Hochhäuser, runde Kessel, viereckige Türme mit riesigen Rädern, Wassertürme, oder was immer, mit wulstigen Ausbuchtungen aus Beton, vor Tamm, hinter Tamm, entdeckt und den flach gestreckten, behaarten Busen des Hohenasperg. Zahlreiche Kirchtürme, so hat er sich erinnert, haben ihn überrascht, keiner so sehr wie der Tripelpenis des Klosters Melk auf der Fahrt nach Wien 1968. Oder die phantastisch nach außen gestülpten Vaginas, die ältere Frauen als Hut auf dem Kopf tragen. Immer hat er darüber nachgedacht, was der Rand an Männerhüten bedeutet. Während der Zug durch Ludwigsburg hindurchstürzt, ist dieser Zug ihm vorgekommen wie ein einziges ungeheuer-

liches männliches Geschlechtsglied, das sich in rasender Geschwindigkeit mit der Gegend vermischt, in die es sich hineinbohrt, und die Leute darin wie etwas, das durchaus heraus will, transportiert, um am Ende ausgestoßen zu werden, zu welchem Zweck auch immer.

Es hat dann, als ihn diese Vorstellung überwältigt hat, angefangen, alles zu zerfallen. Er hat noch erkennen können, daß er nun in die entgegengesetzte Richtung hineingeraten ist, in der das Angesammelte immer mehr sich in sich selbst zusammenzieht, der Zwischenraum aber zwischen dem verschiedenen Angesammelten sich immer weiter ausdehnt, sodaß das eine Angesammelte die Verbindung verliert zu dem anderen Angesammelten, das eine Angesammelte sich nicht mehr an das halten kann, an das das andere Angesammelte sich halten könnte. Es ist nicht die Rede davon, daß die Mitte weg ist. Sondern die Koordination ist nicht mehr möglich gewesen. Es ist jedes für sich zu sehr vereinzelt und zu schwierig geworden, als daß es noch hätte zusammengebracht werden können. Einmal angesammelt, fängt es an sich zu desintegrieren. Es desintegriert sich und ihn.

Er hat auch, als der Zug in den Stuttgarter Hauptbahnhof eingefahren ist wie ein Sexualsymbol in ein anderes, aber er hat nicht mehr gewußt, welches in welches, geahnt, daß sich in ihm auch die peinlichen Momente in seinem Leben angesammelt haben und daß sie, unverhofft ins Auge gefallen, die Tendenz haben, alles zu überdecken. Er hat aber zugleich mit dem Geruch, der ihn empfangen hat, den anderen Geruch erinnert, den Bahnhöfe früher gehabt haben, scharf, beißend, ein Gemisch aus Marktplatz, Schmiedewerkstatt, Waschküche und Pissoir. Gerüche: ja natürlich hat er auch Gerüche gesammelt. Aber das ist nun bereits eine ganz und gar andere Geschichte gewesen, die hier hat nicht erzählt werden können.

Er hat noch, später, auf einer Wiese gesessen. Zwischen

Büschen von Ribes, Weigelien, Ranunkeln, Blutpflaumen, Deutzien, Haselnüssen, Feuerahorn und Eiben, Wind wie eine Hand in den Blättern und Zweigen, ein später, warmer, sonniger Sommertag, ungeheuer kompakt und undurchlässig. Und plötzlich ist er umgefallen und zerbrochen wie eine Tonvase, die ein Wütender zu Boden schleudert. Aus den Bruchstücken sind herausgefallen: Maxe, Nackenfalten, Mitropoulosplatten, Zuckungen, Frauenärsche, Kirchtürme, Wiesengründe, Eisenbahnabteile, Backfischwaden, Frauenohren, Damenhüte. Ein merkwürdiger Geruch hat sich verbreitet und es hat alles da auf der Wiese herumgelegen.

Maria Magdalenas Welt

Und es begab sich darnach, daß er reiste durch die Städte und Märkte und predigte und verkündete das Evangelium vom Reich Gottes; und die zwölf mit ihm, dazu etliche Weiber, die er gesund hatte gemacht von den bösen Geistern und Krankheiten, nämlich Maria, die da Magdalena heißt, von welcher waren sieben Teufel ausgefahren, und Johanna, das Weib Chusas, des Pflegers des Herodes, und Susanna und viele andere, die ihm Handreichung taten von ihrer Habe. (Lukas 8, 1-3)
An dem ersten Tage der Wache kommt Maria Magdalena früh, da es noch finster war, zum Grabe und sieht, daß der Stein vom Grab hinweg ist. Maria aber stand vor dem Grab und weinte draußen. Als sie nun weinte, guckte sie in das Grab und sieht zwei Engel in weißen Kleidern sitzen, einen zu den Häuptern und den anderen zu den Füßen, da sie den Leichnam Jesu hingelegt hatten. Und diese sprachen zu ihr: was weinest du? Sie spricht zu ihnen: sie haben meinen Herrn weggenommen, und ich weiß nicht, wo sie ihn hin gelegt haben. (Johannes 20, 1 und 11-13)
Aus der Sünderin hat die Legende die büßende Magdalena gemacht, die ihr späteres Leben als Einsiedlerin in einer Höhle bei Sainte-Baume verbracht haben soll. (Der Große Brockhaus, 7, S. 528)
Vielmehr, wenn der physische Leib in einer bestimmten Verflechtung kausaler Umstände einen bestimmt zugehörigen materiellen Zustand annimmt, so tritt in der somatischen Empfindungsschicht, die ihm als Leib zu eigen ist, eine bestimmt zugehörige Veränderung ein. Diese ihrerseits übt keine Rückwirkung in die Naturschicht zurück. Die Empfindungen scheinen wie eine Art Schatten, als Epiphänomene, gewissen materiellen Leibeszuständen zu

folgen. Die Sachlage wäre für die Seelenschicht dieselbe, wenn auch sie als eine eindeutige funktionelle Folge von leiblichen Zuständen angesehen werden könnte. Genauer besehen finden wir aber in der psychischen Realität grundwesentlich Verschiedenes gegenüber jeder anderen Abhängigkeit, Unmöglichkeit des unveränderten Verharrens der Seele und damit in eins die prinzipielle Unmöglichkeit der Rückkehr in denselben Zustand. Wäre die Seele in derselben Weise wie die Sinnlichkeit abhängig von dem physischen Leib, so müßte es prinzipiell möglich sein, daß die Psyche des Greises sich zurückentwickelte zur Psyche des Kindes, desselben Kindes mit identischen Zuständen, das zum Greise geworden ist.
Was passiert denn, wenn der Apparat der sinnlichen Aufnahmefähigkeit allmählich seine Dienste verringert? Wenn man schlechter sieht? Das sichtbare Äußere mehr und mehr eine mehr oder weniger gefärbte Scheibe wird mit Licht- und Schattenflecken? Das identifizierbar Bewegte, Ankommende, Weggehende seine Konturen verwischt ins Unidentifizierbare? Töne und Geräusche sich entfernen, nicht länger auf das Gefühl einwirken, gelegentliche Ausbeulungen auf der ununterscheidbaren Ebene eines gleichförmigen grauen Rauschens? Geruch nicht mehr unterscheidet? Tasten abstumpft, Kanten, Rillen, stoffliche Strukturierung nicht mehr annimmt? Was passiert denn, wenn der Bewegungsraum sich einschränkt, die sinnliche Übersicht und Verfügbarkeit über Umgebung sich immer weiter zurückzieht in den letzten Radius, den des definitiven Spaziergangs zwischen Bett und Klo? Und ich erinnere mich, wie mein Vater in einer Nacht sagte: was gäbe er drum, wenn er noch einmal in diesem Leben auf seinen eigenen Beinen aufs Klo gehen könnte.
Was passiert, wenn Welt so einschrumpft? Eine Höhle wird, deren Abgrenzungen man von einem Punkt aus abgreifen kann, schlecht beleuchtet, geruchlos, fast ohne Ge-

räusch? Und es war, das muß hier gesagt werden, keine Höhle im buchstäblichen Sinn, in der die Büßerin Maria Magdalena ihr Leben beendete, sondern ein kahles ländliches Alterspflegeheim, wenngleich ihre Existenz darin durchaus den Charakter einer Höhle hatte und mehr und mehr annahm. Was passiert einer solchen Person, nehmen wir an, da ich sie genannt habe, Maria Magdalena, wenn sich der organisierende Zugriff lockert, der von der Aufnahme der immer neu vergegenwärtigten sinnlichen Signale gesteuert und korrigiert wird. Die originale zeitliche Folge der eintreffenden Signale sich auflöst, verkehrt, nicht mehr registriert wird? Die Signale auseinander fallen wie ein Bund verwelkter Blumen, wenn man sie aus der Vase nimmt? Es ist anzunehmen, daß Maria Magdalena besucht worden ist in ihrer höhlenartigen Existenz. Es könnte sein, daß Susanna eine Tochter gehabt hat, die sie nun aufsucht, vielleicht mit dem Sohn, Susannas Enkel, den diese geliebt hat. Aber dieser Besuch, dessen leibliche Gegenwärtigkeit aufgenommen wird, ist nicht mehr im Sinne einer zusammenhängenden Außenwelt einzuordnen. Sie sieht Susanna selbst, mit einem jungen Mann, der ihr Liebhaber sein muß, da Susanna immer von Liebhabern umgeben war, und sie freut sich darüber. Aber sie versteht es nicht. Was, im Sinne möglicher Kontinuität, nichts ausmacht, da sie es auch nicht behält.

Wird denn so der Platz der nicht mehr behaltenen Signale aufgefüllt von denen, die bereits aufgenommen worden sind und sich nun, sozusagen von innen, selbst reproduzieren? Oder korrekter: wird die Interpretation und Einordnung dessen, was noch in die Höhle eindringt, übernommen von dem Vorrat, der bereits registriert ist? Bevölkert sich, wenn man so sagen kann, die Höhle mit der Einbildung des Vergangenen? Wie wenn der Schlaf der Vernunft Ungeheuer gebiert? Oder der heilige Antonius versucht wird nicht von dem, was ihm begegnet, sondern von dem,

was er halluziniert, was sich ihm, gleichsam innerlich, als Halluzination aufdrängt? Was bestimmt diesen Ablauf, was mischt, was priorisiert? Oder kann man das nicht sagen? Herrscht hier endlich einmal der durch nichts zu vermindernde Zufall? Die vollkommene Beliebigkeit der zufällig wirksamen Impulse? Oder schleicht der Traum, wie die unmerklich den leeren Strand bekriechende Flut, langsam und nächtlich die sich entleerende Fläche des Taglebens hinauf?
Während die Vorstellungen ihr Zeitlichkeitsverhältnis wirklich haben, wollen sie auch den einen zeitlich verlaufenden Vorgang eben vorstellend abbilden. Das erfahrene zeitliche Verhältnis ist hier Repräsentation für das jetzt nicht erlebte, sondern vergangene. Und es ist sehr wohl möglich, daß nicht nur die einzelnen Vorstellungen von den einzelnen Schritten des Vorgangs abweichen, sondern auch, daß die wirkliche Reihenfolge eine andere war, als die meinende Reihenfolge es eben meint.
Manchmal erscheint alles wie erstarrt, unbeweglich, todähnlich. Maria Magdalena sieht sich selbst wie in einem Spiegel. Sie liegt unbeweglich in einem Bett, das mit anderen Betten zusammen in einem kahlen Raum steht, dessen Wände blau gekalkt sind mit einem waagerechten, dunkler blauen Strich dicht unter der weißen Decke. Ein kahler, hell gescheuerter Holztisch, Stühle mit Sitzen aus Rohrgeflecht, Schemel, eine Vase mit Astern. Fenster mit Gardinen aus Nessel. Im Fenster etwas, das wie Bäume aussieht. Eigentlich nur helle Flecke mit dunklen Flecken darin. Auf einem Bett, wie darauf herumrollend, ein Totenkopf mit strähnigem gelbweißem Haar, das ab und zu aufflattert, als ob ein Wind weht. Aber es weht kein Wind. Dies alles vollkommen unbegreiflich. Der Spiegel, in dem Maria Magdalena sich jetzt sieht, zeigt etwas, das überhaupt nicht irgendwo unterzubringen ist. Vielleicht ist dies schon der Tod. Oder etwas dazwischen. Wo Leben noch nicht zuende ist und Tod noch nicht angefangen hat.

Vorzustellen, wie in der nicht mehr zu koordinierenden, aufeinander gestapelten Datenmasse sich ein solches Wort, Tod, ablöst, sich bildet, sich artikuliert als die letzte noch mögliche Auskunft, so Inhalt gewinnt aus dem vollkommen unbegreiflich gewordenen, sich abhebt, zu klingen anfängt wie ein Gong, zuerst leise, dann immer stärker anschwellend, bis der große und samtig schmeckende Klang nicht nur den Raum, sondern den ganzen Körper anfüllt, im Mund drin ist wie eine Frucht, die immer voluminöser, saftiger, schmackhafter wird. Und zugleich spaltet der einzig noch faßbare klare Gedanke die Schuttmasse dessen, was nicht mehr zu verarbeiten ist: ich liege hier und sterbe. Und der Ton des abschwellenden Gongs erfüllt noch einmal die vorwärts gerichtete Intention. Der Stillstand des Zeithofs hat für einen kurzen Augenblick, den vom Bewußtsein des definitiven und unwiderruflichen Aufhörens, paradoxerweise noch einmal Zukunft.

Dann folgt, gleichsam auflösend, Gesang. Die dunkelblaue Kante der Wandkälkung führt in eine Empore, die sich weit nach hinten öffnet. Es ist wie in einer Kirche zu Haus. Aber es ist auch wie auf einem Tanzboden. Es sind merkwürdig verkleidete Sänger zu sehen, die ihre Münder weit aufreißen, obwohl der Ton immer ein wenig später kommt und nachklingt, wenn die Lippen bereits wieder geschlossen sind. Die Verkleidung macht es schwer, die Sänger zu erkennen. Es ist, als wollten sie nicht erkannt werden. Aber es sind ganz gewiß Bekannte, die Stimmen allein machen sie erkennbar. Wenn es möglich wäre, sich ein bißchen stärker darauf zu konzentrieren, würde man sofort wissen, wer es ist. Was sie singen, ist ein altes Lied, das schon die Pilger des Herrn gesungen haben, wenn sie sich unterwegs die Zeit vertreiben wollten. Es ist auch das Lied der Morgenwache, das einer allein vor sich hin gesungen hat, um nicht einzuschlafen. Aber eingeschlafen sind sie dann doch alle.

Ja es ist dieser Morgen, der frisch durch den Wald kommt und keine Ahnung hat von dem Schrecklichen und Schlimmen, das noch bevorsteht. Es riecht nach Tau und Tannen. Die Hufe der Pferde klappen auf der Straße. Es ist die Fahrt zur letzten Hochzeit, auf der das Brot gebrochen werden wird. Vogelstimmen im Wald. Maria Magdalena ist müde und traurig zugleich. Sie weiß, etwas ist zuende gegangen, das niemals wieder kommt. Aber indem sie traurig ist, ist sie zugleich wie unfaßbar überwältigt, weil sie weiß, daß es eben jetzt dennoch wieder kommt. Und wie um dies zu bestätigen, blickt eben der, der sie fährt, lächelnd über die Schulter zurück, und das ist nun das bunte Bild aus dem Märchenbuch, das sie als Kind so oft gelesen und betrachtet hat, er lächelt und fragt: na?- Dies bricht ihr das Herz. Es ist alles zurück gekommen. Und es bricht das Herz.

Maria Magdalena, das ist nun die Bezeichnung für etwas, das es gibt und nicht gibt zugleich. Das ist eine Figur der Legende wie auch eine Person des realen Lebens. Aber beides ist nicht oder nur mit gemeint. Nicht die Umdeutung einer Legendengestalt oder die Schilderung des tristen Endes einer Greisin in einem Pflegeheim soll verhandelt werden, sondern ein Vorgang, der sich im einen wie im anderen aufschlüsseln, auffalten läßt, der Legende, wie realistisches Schicksal, so zum Anlaß zu nehmen vermag, daß dieser Anlaß, obwohl nicht zu umgehn, doch verschwindet vor dem, was tatsächlich erzählt, berichtet, geschildert werden kann. Das aber ist weder in den legendären noch in den sozialen Umständen beschlossen, obwohl es durchaus wichtig sein könnte, beide zu verfolgen, zu erfassen und darüber aufzuklären, sondern in dem, was sie, darüber hinaus gehend, übergreift.

Maria Magdalenas Welt, wenn ich es so nennen kann, ist nicht das, was man sich ausmalen kann als Schicksal dieser verlöschenden Figur, und es ist nicht das, was ich als soziales Verhängnis einer real vorhandenen, vieler real vorhandener Greisinnen und Greise kritisch entlarven könnte. Sondern Maria Magdalenas Welt, das ist ein Vorgang, dem niemand entkommt. Was ich hier und durchaus versuchsweise Maria Magdalenas Welt nenne, das ist jedermanns Welt, wenn Welt aufhört, Welt zu sein. Nicht jeder macht es sich bewußt, mancher merkt es nicht. Er wird überrascht, ehe er es merkt. Aber man weiß natürlich nicht genau, ob er es nicht doch gemerkt hat, da er, überrascht, bereits die Sprache verloren hat, in der er es uns sagen könnte. Ist es denn überhaupt zu sagen? Bleibt nicht alles, was auch ich hier darum herum rede, bloß Stichwort und Andeutung?

Das Feld ist rechteckig, etwas länger als breit, aufgegebenes Ackerland, wüst überwuchert, Ödland, Gras, Roggenwildwuchs und Brennesseln, knie- bis mannshoch. Ein Busch Margeriten, jetzt schwarz verblüht. An der einen Schmalseite Erlen, schwärzlich verwelktes Laub, schwarze Früchte, wie verholzte und aufgesprungene Schafslosung. An der anderen Schmalseite das Gebäude, ein früherer Schafstall. Ziegelmauern mit Fenstern wie Löcher, quadratisch, dunkel, als ob das Gebäude herstarrt auf jeden, der sich ihm nähert. Hellrote Dachziegel, ein Schornstein, der eine dünne blaue Fahne Rauch in den Wind schiebt, der jetzt, im November, das flache Land beherrscht. Grün gestrichene Fensterrahmen, eine grün gestrichene Tür. Ein Weg, halb zugewachsen, der übereck das Ödfeld quert, aus einer Hecke von Haselnußbüschen und Stachelbeersträuchern hervorkommt. Ist das Maria Magdalenas Welt?

Ich nehme wahr diesen schwarzen Inhalt. Er ist ein Dauerndes. Er ist immerfort derselbe. Er bedeckt eine bestimmte Ausbreitung. Ich habe ihn gestern gesehn, erinnere mich seiner also auch heute. Erinnere ich mich? Er hat angedauert. Hat er angedauert? Beschränken wir uns auf das in der Wahrnehmung Gegebene: das jetzt wahrgenommene Schwarze in seiner Dauer. Das Schwarze. Es dauert. Es bedeckt immerfort dieselbe Ausbreitung. Jetzt verändert sich dieses Schwarz. Es wird dunkler. Es verändert seine Ausbreitung, die Ausbreitung, die es bedeckt. Das Schwarz, was ist das? Ist es die Spezies? Nein. Ist es das Individuelle, eine Einzelheit, Einzelfall der niedersten Differenz? Aber das trifft nur die Momentanphase. Das Schwarze als Phase der Dauer dauert nicht. Wir haben viele Phasen. Jede ist anders. Nicht vieles dauert, sondern eines, das Schwarz dauert. Und das Schwarz, das da dauert, bedeckt eine Ausbreitung, und es, dasselbe Schwarz, erstreckt sich durch alle Teile der Ausbreitung.

Die Staffel ist breit, aber die Stufen ausgetreten, abgebrochen, von jahrealtem Dreck und Schlamm bedeckt, Schlamm tropft die Stufen herab, sie führt in einer S-Kurve zwischen die Häuser hinauf, die sich hoch dunkel und drohend herabzubeugen scheinen. Mitten auf einem Absatz liegt ein kleines Mädchen, über und über mit Schlamm bedeckt. Aus dem hochgerutschten zerrissenen Stepprock stehen dünne Beine in handgestrickten wollenen Strümpfen hervor. Die Hände sind in die zu langen und zu weiten Ärmel der Jacke verkrampft, das Gesicht von roten Flekken dicht bedeckt, die Augen glasig, das Haar wie seit Wochen ungekämmt, verfilzt. Langsam rollt das Mädchen im Schlamm hin und her. Ein leises Wimmern kommt zwischen den fest zusammengepreßten Lippen hervor, als ob dies das Geräusch ist, das der Körper macht, wenn er vorwärts und rückwärts rollt, mechanisch, wie von einem verborgenen Triebwerk bewegt.

Oben ist eine Rampe. Wenn man höher steigt, erkennt man, daß die Staffel nicht eine S-Kurve beschreibt, sondern sich rasch verengt. Es ist totenstill. Der kürzeste Teil der Nacht. Dachfirste, kaum vom Himmel abgesetzt, wie ein Ring, der die Luft abschnürt wie einen Hals im Würgegriff. In der Stille ein Wispern. Wie um die Ecke. Oben hinter

der Rampe jetzt murmelnde Stimmen. Während der Schritt, der manchmal im nasseren Schlamm abrutscht, nach oben strebt, langsamer wird, ganz stockt, wieder ansetzt, kurz einen schnelleren Rhythmus anschlägt, wird das Gemurmel dichter, drohender. Flüsternde Stimmen auch von unten und hinten. Es ist alles entsetzlich verrottet und verkommen. Für die, die es darin ausgehalten haben, die, es darin aushaltend, überdauert haben, ist jeder, der eindringt, ein Opfer. Nicht daß sie es attackieren. Wie ausgehungerte Schakale warten sie, bis das Opfer zusammenbricht oder vor Angst den Verstand verliert.
Plötzlich springt etwas. Wie aufspringende Farbschichten, aufgetragen auf einen ganz und gar unbekannten Grund. Wie durch Risse in diesen aufgesprungenen Farbschichten hindurch geblickt. Hindurch geblickt in etwas, das ganz und gar fremd, ganz und gar anders, ganz und gar nicht ist. Die Übereinkunft der äußeren Sinnesdaten und die aus diesen bezogene, auf diese bezogene Koordination reißen lautlos auf. Werden erkennbar als etwas bloß Hergestelltes. Das Grabensystem südlich der Erlen ist undurchdringlich. Der Feuchtigkeitsgehalt der Luft so groß, daß man wie in einem ständigen Nebel darin herumirrt. Die Sonneneinstrahlung so groß, daß die Brechung im Wasserdunst jeden blendet, der hineingeht. Die Interpretation der einheitlichen Welt ganz und gar aufgehoben. Im multidimensionalen Kreuzungssystem der südlichen Grabensysteme geblendet herumgeirrt bis zur völligen Erschöpfung.
Wie mit der Zeitlupe unendlich verlangsamt. Das Bein des Springers nach federnd bogenförmigem Anlauf wie hochgezogen, nicht um das Ziel zu überspringen, sondern um aufzusteigen in elliptischer Flugbahn, schwerelos oder wie von einer der Schwerkraft entgegengesetzten Unschwerkraft weggesaugt. Eine gleitende Fläche erscheint, auf der die maskierten Sänger wiederum ihr Wesen treiben. Aber ganz hoch in schwindelerregender Leere. Wie ist nun noch

die Leiter erreichbar, nachdem der Käfig, der Schutz gab, weit weggefallen ist? Hier aufgehalten, besinnungslos vor Schwindelgefühl. Eine schlauchartige Öffnung, deren Inneres von geometrischen Mustern bedeckt ist. Man hat es mit dreierlei Geräuschen zu tun am Ende, die man selber hervorbringt. Zwei davon sollen in Umlauf gebracht werden, aber man muß damit aufhören, weil es zu teuer wird. Weil es zu schwer wird. Weil es zu schwierig wird, von rechts nach links zu schlagen. Lauter ganz große Bilder, alle auf dem Fußboden festgeklebt.
Eine der Genossinnen Maria Magdalenas, vielleicht Johanna, denn Susanna ist lange gestorben, eine alte Frau ohne Namen, der Einfachheit wegen Tante genannt, reaktionsschwach, senil schwachsinnig, hat plötzlich, als Mitglieder einer Untersuchungskommission herumgegangen sind, um den Fall zu untersuchen, boshaft zu reden angefangen und gesagt: hier denkt jeder, wir wissen nicht, wo wir sind. Wir sind in einem Schafstall, mit dem die Kuh, die uns hier gefangen hält, Geld machen wollte. Aber das hat nicht geklappt. Und nun ist die Kuh mit der Kasse durchgebrannt. Der Teufel soll sie holen. Ich weiß alles, denn ich habe alles gesehn. Ich sehe und höre alles. Auch wenn ihr denkt, daß ich hin bin. Daß das ein Schafstall ist, ist mir egal. Daß wir hier manchmal hungern müssen und manchmal nicht schlafen dürfen, weil es verboten ist zu schlafen, ist mir egal. Daß es hier stinkt, ist mir egal. Es ist mein eigener Gestank, in dem ich zugrunde gehe. Es ist der Gestank, der meine Welt bedeutet.-
Zuletzt hat sie von Blumen geredet, die in langen und unvorstellbar schönen Ketten von der Decke gehangen haben. -Dabei haben wir nie Verbenen gehabt, hat sie gesagt: nur Phlox. Und schon niemals diese dicken blauen, die man den Eisernen Heinrich nennt.- Sie hat gesagt: ich muß fragen, wie sie es machen, daß sie von der Decke wachsen.- Wenn sie daran gezogen hat, hat es eine wunder-

schöne Musik gegeben. Aber die Blumen sind abgegangen bei der Musik, und gerade wenn die Musik am schönsten gewesen ist, sind nichts als kahle Strünke übrig geblieben. Aber nebenan haben Männer gesessen und Bier getrunken und zugehört. Manchmal, wenn sie schon mehr getrunken haben, sind sie gefährlich geworden. Einmal hat einer im Türrahmen gestanden und ihr zugelächelt. Er hat plötzlich bei ihr im Bett gelegen und sie hat ihn erkannt, aber er ist zu flüssig gewesen, ganz um sie herum geflossen. Und eine große dunkle Gestalt hat sich mit weit ausholendem Flügelschlag genähert und geschrien und geschrien und geschrien.

Ist das die Geschichte? Daß der Austausch der äußeren Sinneswahrnehmung durch die gespeicherte und wieder frei gesetzte Datenmasse der Erinnerung sich selbst aufhebt, sich in sich annulliert? Wo ein blau gekalkter kahler Raum in einem Ödfeld als das letzte Symbol sinnlicher Erfahrung plötzlich stehen bleibt wie die Schlußszene in einem Fernsehfilm? Sich ablöst als das letzte Zeugnis, das das Subjekt, Maria Magdalena, so habe ich hier versucht zu sagen, hinterläßt? Während doch in Wahrheit diese sich abhebt und aufgeht, sich auflöst und endlich zu Haus ist in der Unendlichkeit der erfüllbaren Halluzination.

Berge Auen Wälder Bronnen
sendend Blicke still nach oben
stehen eine glühnde Blume
zart aus Duft und Klang gewoben
wie in Träumen ganz versunken
aufgericht't im Abendgolde.

Willichnichherbst

Einem Mann, der fünfzig Jahre im Geschäft des Handwerks seines Lebens hinter sich gebracht hatte, wurde es nach und nach zuviel und er gewöhnte sich an, immer häufiger und schließlich nur noch zu sagen: Willichnich.- Unter dem Schutz dieses Satzes gelang es ihm, weitere fünfzig Jahre im Geschäft des Handwerks seines Lebens hinter sich zu bringen. Er starb kurz nach seinem hundertundersten Geburtstag. Seine letzten Worte waren: Willichnich.- Aber sie nützten nun nicht mehr viel.
Mehr ist dazu eigentlich nicht hinzuzufügen.

Totenbettherbst

Da war einmal ein Mann, der, gelähmt, in seinem Bett auf den Tod wartete. Er hatte nur einen Wunsch: noch einmal aus dem Fenster blicken zu dürfen. Die Frau, mit der er eine lange und rücksichtslose Ehe geführt hatte, erfüllte ihm diesen Wunsch nicht. Ein Freund jedoch, beiden vertraut, wenn auch der Frau mehr als dem Mann, hörte ihn, als er einmal vorbeikam, klagen, hob ihn aus dem Bett und trug ihn ans Fenster. Es war dort nichts zu sehen, als eine neblige kahle Stadtlandschaft im November. Der Kranke atmete tief auf und starb. Die Frau, die hinter die beiden getreten war, rührte sich nicht.
Wird das am Ende alles gewesen sein?

Heimwehherbst

Als Kinder hatten sie Heimweh nach zu Haus gehabt. Später strebten sie in die Fremde, gewöhnten sich an das Ungewohnte und meinten, daß die Gewöhnung die Differenz aufheben würde. Sie gründeten ein eigenes zu Haus, um die Aufhebung der Differenz zu beweisen. Aber jetzt, da sie älter werden, merken sie, daß das alles nichts genützt hat und das Heimweh, das sie als Kinder gehabt haben, wieder kommt. Ein unerfüllbares Heimweh mitten in einer fremder werdenden Welt, die sie sich aber selber so eingerichtet haben, Ausdruck dafür, daß die Schwelle bereits überschritten ist und alles hinweist dorthin, wohin man nicht kommt.
Um nichts anderes geht es eigentlich.

Herbst der Herbste

Sein Leben war eine Kette von Fehlentscheidungen gewesen, mehr ist eigentlich nicht dazu zu sagen, es sei denn, daß es niemand, außer ihm selbst, bemerkt hat und daß vielleicht, von einem höheren Standpunkt aus gesehn, jede Entscheidung eine Fehlentscheidung ist.

Inhalt